KB013292

여자의 말

여자의 말

김정란

북스피어

책을
펴내며

산문집을 한 권 더 묶는다. 좀 애매한 성격의 책이 되었다. 좋게 말하면 다양하고, 나쁘게 말하면 잡다하다. 그런데 삶이라는 게 원래 그렇게 잡다한 것 아닌가. 특히 이 포스트모던 풍경 안에서는…… 숲과 자연과 인간이, 원시와 문명과, 갈망과 고통과 위안과, 모든 것이 한데 어울려 돌아가는…….

이 책은 일종의 중간 정리 같은 것이다. 은퇴하고 나서 앞으로 좀 본격적인 책들을 쓰려고 준비 중이다. 그 길에 들어서기 전에, 오래 모아 둔 원고들을 독자들과 나누어 읽고 싶었다. 나날의 부딪침, 그때그때 일어나는 일들에 대한 이런저런 단상들……. 발표 지면을 얻지 못해서 쌓아 두었던 원고들 등등. 열망, 절망, 기다림……. 페이스북에 썼던 짧은 글들도 있고, 세미나에서 발표했던 제법 긴 글들도 있다.

햇살이 내게 얼마나 더 남아 있는지 모르겠다. 그래도 글을 쓸 수 있어서 참 행복하다.

말들이 다가와 내 어깨를 툭툭 건드린다. 나는, 응? 하고 돌아본다. 삶이 그 말들과 나 사이에 있다. 바람이 조금 불고, 그리고 언제나처럼 시간이 있다. 시대가 콸콸 큰 소리로 흘러 지나간다. 나의 말들이 어느 외로운 영혼의 작은 뗏목이라도 되면 좋겠다. 금방 부서져 버릴지라도. 잠깐이라도 그 위에 서면 시대의 눈물과 꿈이 좀더 잘 읽히는…… 흔들리는 칸델라 같은…….

2018년 11월
김정란

차례

제3부 어린 왕들을 위하여

1부

여자의 말

릴케가 물었다

릴케가 물었다. '사랑은 나를 어떻게 찾아왔는 가'라고. 그 질문은 '시는 어떻게 나를 찾아왔는가' 라는 질문과 같다. 그렇다, 내가 시를 찾아간 것이 아니라 시가 나를 찾아왔다. 어느 날, 어느 석양, 내 영혼이 가장 간절한 기원으로 떨고 있을 때, 알수 없는 그리움으로 내 영혼이 무無의 바닥을 치며 까무룩히 가라앉으며 동시에 위로 치고 올라섰을 때, 그때, 내 존재에 숭숭 구멍을 내면서.

시는 그 본질에 있어 사랑과 같다. 시는 내가 아 닌 것을 영접함으로써 완성에 이르려는 끊임없는 도정의 기록이기 때문이다. 어떤 시들은 영혼을 뒤흔든다. 이브 본느프와의 「신들Les dieux」이라는 시를 읽었을 때, 나는 오랫동안 그 울림으로 마음을 떨었다. 그 시는 시도 아니고 산문도 아닌 일종의 사이 장르 같은 것으로 쓰였는데, 시에서 본느프와는 제목을 빼고 어디에서도 〈신〉이라는 말을 하지 않는다.

우리는, 어느 가을날 오후가 끝나갈 무렵, 석수石手들과 함께, 가장 높은 테라스에 있었다. 그런데 갑자기 〈그 것cela〉이 골짜기로부터 솟아올라, 마치 부름을 받은 것처럼 동쪽으로 지나갔다―진동하는 날개 다발들, 그리고 다른 다발들 한가운데에서 수천 개씩 또 수천 개씩 소용돌이치는, 반투명한 육체 다발들…… . 어둠이 내릴 때까지 얼마나 고요했는지! 일꾼들은 그들의 일을 끝낸 뒤였고, 새 한 마리 울지 않았고, 벌레 한 마리 바시락대지 않았다. 우리는 그 날개들의 거대한 소용돌이가 부푸는 것을 바라보았다. 그중 어떤 것들은 너무 두터워 태양빛을 어둡게 만들었다.

그리고 이 여행자들 중 하나가 난간이나 아직 밝은 우리 소매 위에서 파드득댄다. 그러면 우리는 그의 가슴이 뛰는 것이라고 생각했다. 우리는 잘 다듬어진 그의 늙은 얼굴이, 삼중관三重冠* 아래에서, 가장 작은 것 안에서 반짝이는 것을 좋아했다.

작품이 발표되었던 시점을 고려하면, 이 시가 라캉을 중심으로 한 후기 구조주의자들의 언어관에게 보내는 일종의 문학적 응전 양식이라고 해석할 수도 있다. 그러나 그것만은 아니다. 위대한 시는 〈문학적〉인 전략을 의식하고 있을 때조차 운명에 대해 말한다. 그것은 아주 근원적인 것에 대해 말하기 때문이다.

시는 기도이다. 그것은 언어의 길을 따라 신성함에 이르려는 간절한 희망을 이야기한다. 그러

---

* 교황이 쓰는 관. 세 개의 왕관이 겹쳐져 있다. 권위의 상징으로 여겨져 현재는 사용되지 않으나 상징물로는 남아 있다. 동양의 보살상 중에도 삼중관을 쓰고 있는 경우가 있다. 본느프와가 이 상징을 가져온 것은 가톨릭 전통과는 연관이 없고, 육체와 정신이라는 두 개의 대원칙 사이에 있는 어떤 영역을 시의 장소로 지시하기 위한 것이다.

나 시는 종교적일 수는 있지만 종교는 아니다. 왜냐하면 시는 종교의 딱딱하게 굳어 버린 도그마가 아니라 펄펄 살아 있는 영혼의 증언을 말하는 것이기 때문이다. 나는 도그마를 말하는 시를 신뢰하지 않는다. 신과 부처에 대해 말한다고 해서 진정한 의미의 종교적인 시라고 여기지 않는다. 그런 시들은 이미 종교를 위한 선전물이다.

본느프와는 우리가 얼마나 딱딱한 재료로 신성함을 말해야 하는지 알고 있다. 그는 "우리는, 어느 가을날 오후가 끝나갈 무렵, 석수石手들과 함께, 가장 높은 테라스에 있었다"라고 쓴다. 시인은 석수, 잘 통제되지 않는 돌이라는 물질로 신성함을, 모든 인간적 명명을 거부하는 〈그것cela〉을 조각하려는 일꾼이다.

내 무딘 연장은 돌을 잘 쪼아 내지 못한다. 나는 다만 간절하기를 원할 따름이다. 나머지는 내가 할 수 있는 일이 아니다. 나는 머물렀다 떠난다. 내 평생의 기다림은 별의 먼지가 되어 우주 공간을 떠돌 것이다.

여성으로 말하기

이 발표문*을 쓰고 있는 지금 내 마음은 무겁다. 1992년에 첫 문학 비평집을 출간할 때 느꼈던 심정과 비슷하다. 억압감과 두려움, 가능하면 피하고 싶다는 마음. 늘 그렇듯이 이성과 의무감에 의하여 용감하게 저질러 놓고, 끝까지 망설인다. 생각은 빤한데 몸이 움직여지지 않는다. 그것은 솔직하게 말해서, 내가 아직도 남성 문화가 내 몸에 깊이 주입해 놓은 열등감으로부터 완전히 자유롭

* 토지문화재단 주최 '2011 문학의 향기' 中 '우리시대 작가와의 대화: 김정란 시인 「여성으로 말하기」'.

지 못한 탓일 것이다. 어떻게든 숨어 있고 싶다는 마음. 그 마음을 타고 무슨 중요한 일을 해야 할 때마다 나를 붙잡고 한껏 휘둘러 대는 수동성의 악마가 등장한다. 죽고 싶니? 뭘 믿고 그렇게 용감하니?

그러나 이 불편함은 이 글의 형식적 고려에 대한 것이기도 하다. 나는 여성 예술가로서 내가 현장에서 겪어야 했던 실제 체험을 들려 달라는 세미나 주최측의 요청을 받아들였다. 말하자면 이 발제는 학문적인 글이라기보다는 여성 억압의 실례를 증언하는 '고백'에 가깝다. 그러나 어떤 형식으로 해야 할 것인가? 아무리 발제 의도가 그렇다 하더라도 자칫 객관성을 결한 불만의 토로로 여겨질 위험은 없을 것인가? 그런 걱정이 끝까지 나를 붙잡고 놓아주지 않았던 것이다. 오랫동안의 망설임 끝에 나는 '고백'과 자기 분석 형식의 '문학 비평' 사이의 형태를 택하기로 했다.

결국 이 글은 김정란이라고 하는, 한국 문단의 기득권 세력에게 반기를 들었다가 문단에서 쫓겨

난 한 여성 문인의 생애와 경험을 텍스트화하는 작업이 될 것이다. 따라서 그것은 매우 사적이지만 동시에 공적인 작업이다. 여성에게는 사적인 것이 곧 공적인 것이다. 그녀가 문인으로서 겪는 모든 개인적 경험들은 공적 맥락에서 자행되는 억압의 경험이기 때문이다.

약간은 뜬금없어 보일지 모르지만, 어젯밤에 꾸었던 꿈 이야기로 이 발표를 시작할까 한다(이 발제문을 발표하는 동안, 나는 꿈 이야기를 여러 차례 할 것이다. 꿈이야말로 여성이 억압으로부터 벗어나 자유롭게 말하는 형식이기 때문이다. 적어도 나에게는 그렇다. 꿈이라는 독특한 말하기 방식이 없었더라면 아마 나는 오래전에 숨이 막혀 죽었을 것이다). 그 꿈이 내가 지금 처해 있는 정신적인 상황을 아주 잘 보여 주고 있다는 생각이 들기 때문이다.

꿈속에서 나는 아주 여성적인 진홍색 옷을 입고 있었다. 나는 혼자서 건강 진단을 받으러 가야 했다. 그런데 건강 진단을 받아야 하는 곳이 아주 괴상했다. 그곳은 내가 유년 시절에 자주 가던 아주 구석진 곳이었다. 무슨 보건소라고 했다. 보건소는 낡고 옹색했다. 나는 왜 하필 이런 곳에 와서 건강 진단을 받으라는 거야, 하고 투덜댄다. '정말 이제는 낡았군'이라는 생각이 든다. 의사는 젊은 남자였지만 아주 꾀죄죄하고 더럽고, 동시에 늙어 보인다. 그럼에도 불구하고 그는 허풍을 떨었다. 거만한 태도로 자기가 이런 곳에 있어야 할 사람이 아니라는 티를 있는 대로 냈다. 그러면서도 그는 일부러 깡패처럼 보이느라고 애를 쓰고 있는 것 같았다. 그는 내 피를 뽑아 검사했고, 내가 백혈병에 걸려서 6개월에서 1년 뒤에는 죽게 된다고 말했다. 그는 확신에 찬 어조로 말했지만 나는 그의 말이 별로 신뢰가 가지 않았다. 슬퍼야 할 것 같은데 조금도 슬프지 않았다. 의사는 내가 그의 말을 믿지 않는다는 것을 눈치챘는지, 내가 알아들을 수 없는 의학 용어를 줄줄이 나열하기도 하고 엑스레이를 보여 주면서 권위를 보이고 싶어 했다. 그는 "내 말이 틀리면 6개월 뒤에 다시 와요"라고 말했다. 나는 속으로 '죽는다면서 다시 오라는 건 또 무슨 소리야?'라고 코웃음을 쳤다. 나는 집으로 돌아왔고, 남편에게 심상하게 말했다. 남편은 얼굴이 파랗게 질려서, '오진일 거야, 큰 병원을 찾아보자'라고 말했다. 그러나 내게는 그가 보이는 비극성이 별로 감지되지 않았다. '뭐, 죽으면 죽는 거지. 그런데 무엇부터 정리해야 하는 걸까?'

꿈이 너무나 생생했으므로, 잠에서 깨어난 뒤 나는 한참 동안 멍하니 생각에 잠겼다. 처음에는 심상하게 내가 요즈음 일을 너무 많이 해서 내 무의식이 나에게 건강을 조심하라고 경고를 보내는 것이라고 생각했다. 그러나 조금 뒤에 꿈이 내게 전하려는 바가 조금씩 분명해지기 시작했다. 그 꿈은 내가 지금 맞서 싸우고 있는, 기득권을 가진 젊은/늙은(나이만 젊었지, 그들은 너무나 수구적이다) 남성 문단 권력자들에 대한 공포감을 극복하라고 이르고 있는 것이다. 겉으로 우아한 포즈를 취하고 있지만 그들은 실은 궁핍한 존재들이라고. 그리고 이어서 이 꿈은 나에게 아버지 고착에 매달려 있던 유년 시절로부터 결별할 것을 명하고 있다는 데에 생각이 미쳤다. 진홍색 여성적인 옷은 내가 포기하려고 하지 않는 여성성을 나타내는 지표일 것이다. 나는 예전의 나는 이미 충분히 죽었다고, 나는 아버지 고착을 극복했다고 생각해 왔지만 아직 충분히 죽지 않은 것인지도 모른다. 나는 어쩌면 아직도 남성들에 대한 공포를 극복하지 못한 것인지도 모른다. 꿈은 나에게 그렇게 말하고 싶었을 것이다. 너는 병들어 있지 않아. 그들이 너에게 네가 병들어 있다고 믿게 만들고 싶어 할 뿐이야.

자기 혐오의 시대: 분열된 여자

나는 언제부터 여자가 되었나? 내가 여자인 것을 기꺼이 받아들이고 여자로서 세계 안에서 겪어야 하는 여러 가지 부조리함을 정면으로 돌파하기로 마음먹은 것은 언제부터일까? 부끄러운 이야기지만, 그것은 정말 얼마 되지 않은 일이다. 나는 30대 중반이 넘어서야 내가 여자라는 것을 비로소 받아들이게 되었다. 아기를 낳고 기르는 과정에서 나의 훼손된 여성성은 어느 정도 회복되었지만, 그러나 나는 그때까지만 해도 충분히 여자가 아니었다. 그 이전까지 나는 사람이라기보다는 일종의 관념 덩어리였던 것 같다. 자신의 육체로부터 소외되어 있는 존재. 자신이 육체를 가지고 있다는 것을 극도로 증오하는 존재. 나는 하늘로 날아오르기만을 꿈꾸었다. 말하자면 아버지의 장소로, 초월적인 신이 지배하는 장소로.

나는 내 날개가 푸드득대는 날갯짓의 반대 방향으로만 날아왔다.

종알종알, 관념, 순수, 하고 재잘대는 동안 나는 몸을 가지기 시작했고, 그 몸 안에 깃들일 수 없으므로 고통스러워했다. 나는 계속 분리의 덕목으로만 살아왔다.

나는 내가 가려고 하는 방향으로는 가위눌린 듯 한 발자국도 떼어 놓을 수 없었다. 신은 내게 내 갈망의 반대 방향만을 허용하셨다.

내가 기어이 솟아오르려고 버둥대는 동안 신은 내 발을 모질게 붙들어 뿌리를 내리게 하시더니, 내가 내 작은 뜨락만 지키고 앉아 기지개를 켤 때, 불쑥 내게 세계를 보여 주셨다. 내가 고뇌 안에 웅크리고 앉아 고뇌의 쓰디쓴 마지막 쓴 물까지 다 빨아먹으려고, 그래서 죽음 안에서 살이나 만지작거리며 노닥거리려고 마음먹었는데, 아비여, 이건 무슨 느닷없는 糧食인가.

난 아직 그걸 먹을 줄 모른다 그래서 난 혀만 살짝 대보고 한옆으로 밀어놓는다. 아버지 난 누굽니까 그리고 세계는 나에게 누굽니까.

「육체의 길」

이 서투른 젊은 이원론자는 물질로 이루어진, 육체의 세계에 대해 호기심은 가지고 있다. 그러나 그녀는 그것이 두려워서 "살짝 혀만 대본다". 이데아에 목매달던 여자 플라톤. 그녀가 존재를 인지하는 방식은 철저하게 아버지의 형이상학에 기대고 있다.

너를 거기에 두고

내가 살도 없이 살을 생각하며

피도 없이 피를 탐하며

늘 살과 피의 기억으로만 너를 만나네

나는 네 한계의 뜰에서만 너를 만나네

몸이라도

내가 그 등 뒤에서 낼름 혀를 내밀고

빛깔이라도

내가 그 등 뒤에서만 낼름낼름 혀를 내밀고

혀로 되살릴 수 있을까, 눈물나게 예쁜 너, 너의 생존을?

신의 두 어깨 괴고 바라보는 네 얼굴

내가…… 눈을 감아 버리네

　　　　「유령의 노래—하늘과 육체 사이, 언어」

　그녀는 '너', 자신에 대한 타자, 대자적 자아를 언어에 기대어 발생시키려고 애쓰고 있다. 육체와 색채 뒤에서 낼름낼름 혀를 빼어 무는 여자. 그녀에게 언어는 '하늘과 육체' 사이에 있는 가벼운 비물질적인 어떤 것으로 이해된다. 그리고 그 언어에 기대어 존재를 배우기 위해서 그녀가 기대고 있는 것은 "말로 세계를 창조했다"고 하는 로고스, 신이다. 이처럼 자신의 육체를 낯설어 하는 그녀는 자신을 '유령'이라고 명명한다. 물론 이 젊은 여성이 자신을 '유령'이라고 명명하게 된 데에는 정치·사회적인 의미도 포함되어 있다. 그러나 그 맥락은 이 글에서는 한옆에 치워 두자. 논의가 너무 복잡해지기 때문이다. 따라서 자신의 육체를 낯설어 하는 이 그노시스주의자(깨달음에 의한 구원을 주장하는 신비주의 분파로, 협의로는 12세기 서아시아 일대에서 발달한 철학적 신비주의 사상을 지칭하지만, 광의로는 육체와 현세에 대한 극단적 기피 경향을 가진 지적 영성주의 경향 전반을 일컫는다. 흔히 영지주의靈知主義라고 번역되지만, 그리스어로 '지식Gnosis'을 의미하는 '그노시스'가 서구 사상 전통에서 거의 고유명사처럼 쓰인다는 사실을 고려해서 '그노시스주의'라고 옮겼다)가 식물처럼 살았던 니진스키에게 매혹되었던 것은 어쩌면 너무나 당연한 것이었는지도 모른다. 춤추는 자의 육체는 얼마나 가벼운가. 게다가 그는 고기를 먹는 것을 거부하고 영양실조에 걸려 죽었다지 않는가. 니진스키가 그녀의 영웅이 될 이유는 분명히 있었다.

아, 어젯밤 나는 들었네. 사지로 맴도는 향기로운 혼의 외침소리. 뒤척여 누우면 아우성치며 부딪치던, 몇 천만 개 손가락인가 발가락인가 춤추는 것들. 내 몸에서 멀리 떨어져나가 아득히 보이지 않았네. 가슴속엔 내 심장 저며내는 아득한 낭떠러지. 그 위로 춤추는 형상들은 구르고 있어, 이토록 멀리 느껴지는 가슴.

그가 걸어오고 있어. 나는 나다, 나다, 라고 말하며 걸어
오고 있어.

「니진스키」

나의 육체에 대한 혐오는 내가 받고 자란 기독
교 교육으로부터 많은 영향을 받았다. 나는 육체
는 추악한 것이라고, 한 달에 한 번 피 흘리는 여
자의 육체는 더더욱 추악한 것이라고 가르치는 가
부장적 독트린 안에서 성장했던 것이다. 나는 한
달에 한 번 피 흘리는 나의 여자의 육체를 너무나
증오했다. 초경의 경험이 나에게 남긴 트라우마는
대단한 것이었다. 나는 너무나 놀랐고, 늘 그 문제
앞에서 당황하고 힘들어했다. 상당한 시간이 흐를
때까지 나는 그 트라우마를 극복하지 못했다.

게다가 팔삭둥이로 태어난 내 육체는 아주 비효
율적이었다. 툭하면 앓아누웠고, 운동이라고는 아
무것도 할 줄 몰랐다. 체육 시간이 제일 싫었다.

중학교 때 뜀틀 넘기를 못해서 뜀틀 앞에서 엉엉 울던 일이 생각난다. 체육은 늘 낙제점이었다. 그럴수록 나는 안으로 파고들었다. 어린 시절부터 아주 신비한 꿈들을 많이 꾸었다. 내 안 어딘가에 어떤 세계가 하나 있었다. 그러나 나는 그것이 낯설고 싫었다. 그것은 나를 또래 친구들과 떨어뜨려 놓았을 뿐이다. 늘 혼자였다. 게다가 아무것도 명확한 것은 없었다. 하지만 그 세계로 들어가면 너무나 편안하고 좋았다. 나는 분명히 어떤 힘을 감지하고 있었다. 그러나 아직 모든 것은 예감에 불과했다. 그것이 어떤 특정한 여성성의 발현이라는 것을 알게 될 때까지, 나는 나를 이해하지 못하면서 살았다. 게다가 자신의 내면에서 꿈틀거리는 어떤 힘을 내가 그토록 멸시하고 싫어했던 데에는 어머니와의 불화가 큰 몫을 차지하고 있다. 어머니의 타고난 영성이 나는 신비하면서도 두려웠다. 아주 강하고 힘세며 자기 확신에 차 있는 여성. 그러나 어머니의 영성은 기독교의 영향으로 상당히 다듬어졌음에도 불구하고 변덕과 피해망상과 고

집으로 똘똘 뭉쳐 있는 것이었다. 게다가 나는 이러한 자질이 근대적 풍경 안에서 저주받은 자질이라는 것을 조금씩 깨달았다. 그것은 단지 근대적 풍경 안에서 부적응의 표지였을 뿐이다. 그렇게 해서 어머니는 내 안에 철저하게 유폐되었다. 아주 오랫동안 나는 내가 여자라는 사실을 부끄러워하면서 살았다. 내 안의 여자의 입에는 철저하게 재갈이 물려졌다. 나에게 '여성'이라는 것은 오랫동안 열등성의 표지를 의미했다.

이러한 여성혐오 성향은 사회에 나와 여성으로서 피해를 입으면서 훨씬 더 깊은 열등감의 원인이 되었던 것 같다. 기독교방송에 입사했다가 결혼으로 '해고'당하면서 처음으로 여성에게 가해지는 사회적 차별을 체험적으로 알게 되었다. 그 후 오래도록 나는 결혼했다는 사실을 숨기고 회사에 다녀야 했다. 직장 생활은 무척 힘들었다.

여성성에 대한 극도의 기피증에다가 이제는 가난까지 덧붙여진 셈이었다. 사는 일은 늘 살얼음 위를 걷는 것처럼 힘들었다. 아무 이유도 없이 몸이 아팠다. 한동안 걸을 수도 없을 정도로 아팠다. 프랑스 유학에서 돌아와서 외국어 학원 강사로 전전하던 무렵에 모든 것이 절정에 달해 있었다. 그 무렵에 쓴 끔찍한 자학의 시들.

내가 내가 아니었어도 아무렇지도 않았을 테지, 그러면서 나는 이 끔찍한 서른 몇 살의 팅팅 불은 두부를 바라본다. 두부여. 두부여도 하나도 부끄럽지 않을 때, 사실은 나는 굉장히 무섭다. 정작 그때부터 마음놓고 나는 두부가 되어갈지도 모르니까.
무서워. 나는 작게 조바심친다.

언젠가 나는 겁도 없이 그대에게 말했지. 아닌게 아니라 이젠 추해지는 게 무섭지는 않아요, 라고. 나는 푹푹 썩으면서 물귀신처럼 그대를 끌어넣으려고, 뻘밭처럼. 아니, 그렇지는 않다, 사실은, 나는 내가 나인 것이 견딜 수 없어서 그냥 내다버리는 거지, 나를, 두부가 되기 싫어서, 나는 내가 아니고 싶어서 아무렇게나 내가 되는 거지.

하느님. 다시 만들어줘요.

나는 푹푹 찍어 바르고, 분칠을 하고 법석을 떤다. 화장
하는 두부, 아 웃기는 일이지.
나는 돌아선다, 나는 언제나 돌아선다.

「화장-추함에 길들기 · 2」

그러나 그럼에도 불구하고 내가 나 스스로에게
서 어떤 가능성을 보았다면, 자신을 짓누르는 열
등감으로부터 도피하지 않고 정면 대결할 줄 아는
용기를 가지고 있기 때문이었을 것이다.

낮에 애들 앞에서 어설픔으로 진저리치며 그러나 꾹꾹
눌러 참으며 글쓰기와 꿈꾸기에 대해 이야기하고, 그리
고 나는 참을 수 없어서 종일을 굶었다, 견딜 수 없었다,
이, 수없는 말들, 허망함으로 이빨을 가는, 오 떠도는,
우리가 만들어 낸, 저 넝마들을.

이 턱없는 삶. 나는 밥풀딱지같이 세계라는 밥그릇의 가두리에 붙어 있다, 용서해다오, 세계여 또는 밥이여, 나는 있는 힘을 다해 몸을 들어올린다, 바깥쪽으로?

밤에, 지하철 창에 비치는 어떤 한 여자, 안의 짐승이 울부짖었다. 맞아? 틀림없어? 너냐구, 그래? 그리고 묵시처럼 찾아오는 눈물…… 우리가 이름붙이지 못하는 어떤 알맹이를 향하여 나는 떨며 떨며 서 있었다.

나는 그 여자를 향해 기어갔다, 날지 말자, 어쨌든 당분간은. 나는 통곡하며 그 여자에게 빌었다, 제발, 너라도 되어야 해, 그렇게 하자, 그것으로라도 나 스스로의 유령이 되지 말아야 한다.

「지하철에서-추함에 길들기 · 3」

나는 세계가 나를 원치 않는다고 생각했다. 나는 스스로를 저주했다. 그러나 나는 자신을 외면하지는 않았다. 열등감의 늪을 온몸으로 밀고 나가면서, 나는 자신의 분열을 극복해 보려고 노력했다. 자기 소외는 이런 결의로 인하여 어느 정도 극복의 조짐을 내비치고 있었다. 그러나 여자는 아직도 너무나 불행했다. 첫 시집 『다시 시작하는 나비』 안에는 스스로를 증오하는, 끔찍한 자기 분열 양상을 보이는 여자가 등장한다. 그녀는 스스로를 귀신, 넝마, 지옥의 괴물이라고 부른다. 어둡고 어둡던 시절. 그러나 그런 힘든 과정을 통해 내 안에서 여성적 자의식도 조금씩 형성되어 갔다.

내 안의 타자 – 겹침(지옥의 에우리디케)

1989년, 무려 등단 14년 만에 첫 시집을 냈다. 첫 시집 출간이 이토록 늦어진 이유는 충분히 짐작하고도 남음이 있을 것이다. 중간에 프랑스 유학이라는 시간적 공백이 있기도 했지만, 그보다 내가 나 자신의 시에 대해 확신을 가질 수 없었다는 이유가 더 컸다. 내 시들은 한국 문학 주류의 전통에서 너무나 멀리 떨어져 있었다. 나는 스스로의 '다름'을 견뎌 내기 힘들었다. 그때까지만 해도 스스로의 타자성을 적극적으로 수납하지 못하고 있는 상황이었으므로 너무나 당연한 일이었다.

첫 시집의 반응은 완전히 상반되는 두 갈래로 갈라졌다. 대학 시절 문학 동아리 활동을 할 때부터 친구들과 선배들로부터 받았던 익숙한 반응이었다. 한쪽에서는 "완전히 새롭다"는 반응이었고, 다른 한쪽에서는 "이게 시냐"는 반응이었다. 두 번째 반응이 훨씬 더 많았다. 도대체 무슨 소린지 하나도 못 알아먹겠다는 의견이었다. 그러나 많지는 않지만 정말로 내 시를 깊이 이해하는 독자들도 있었다.

첫 시집을 내던 무렵에 평론 활동을 시작했다. 문학 활동이 활발해지면서 여기저기 문단 행사에도 얼굴을 들이밀게 되었다. 그런데 나는 그런 모임의 분위기를 잘 견딜 수 없었다. 뭔가 한없이 괴상했다. 살가운 상호교류 활동이 아니라 허위의식에 물들어 있는 일종의 의전 활동이라는 생각이 강하게 들었다. 남성 권력자들을 둘러싸고 모종의 줄서기 비슷한 일들이 이루어지고 있는 것이었다. 때가 되면 세배도 가야 하고, 잊혀지지 않도록 행사 때마다 얼굴을 보여야 하고. 그런 식의 '인사하기'는 나를 미치도록 불편하게 만들었다. 대체 이런 일을 왜 해야 한다는 말인가? 행사가 있을 때마다 나는 가야 하나 말아야 하나 하고 끝까지 망설여야 했다. 어쩐지 안 가면 손해 볼 것 같은 마음, 밀려날지도 모른다는 두려움 같은 것이 있었다. 안절부절 어쩔 줄 모르다가 끝판에 '에라, 가보자' 하고 나갔다가 마음의 상처만 잔뜩 입고 돌아와야 했다. 여성 문인들은 그런 자리에서는 몽땅 '여자' 취급이었다. 바깥으로 알려지지는 않았지만 그런 자리에서 성적으로 모욕당하는 여성들은 의외로 많다. 그러나 다행히 여성들이 변하고 있다. 이제는 문학적 불이익을 겪더라도 더 이상과거의 관행을 참고 넘기지 않겠다는 의지를 가진젊은 여성 문인들이 등장하고 있는 것이다.

이러한 속내는 남성 권력자들에게 과도하게 부여된 신비의 아우라에 의해 조직적으로 감추어진다. 언젠가 문단의 어떤 유력자를 만나러 갔을 때, 그가 풍기는 기묘한 권위의 분위기, 그를 둘러싸고 있는 신비화되고 과장된 아우라를 접하고 느낀 당혹감을 잊을 수 없다. 거의 질려 버렸다고 말해야 옳을 것이다. 대체 왜 이 동네는 모든 것이 이렇게 신비화되어 있는가. 숨 막히게 권위적인 분위기를 둘러싸고 만들어진 일종의 전근대적 패밀리. 나르시스트들의 퇴폐적 낭만주의. 나는 체질적으로 그런 분위기와 맞지 않았다. 그래서 그런 자리에 나가면 으레 필요 이상 술을 마시게 되었고, 다음 날에는 죽도록 후회해야 했다.

90년대에 들어서면서, 이러한 문단의 관행은 더더욱 퇴행적인 양상으로 전개되었다. 그나마 80년대까지는 민중 노선과 해체의 전사들 덕택에 여성 문인들을 동료로 여기는 분위기가 조금은 형성되어 있었다. 그러나 90년대 들어서서 문학이 상업화하면서 여성 문인들의 작품이 팔려 나가기 시작했고, 남성 평론가들은 거대 언론과 관계를 맺으면서 적절한 비평적 수사로 작품의 상업적 가치를 높여 주고 문학 관리를 전담하면서 권력을 축적해 갔다. 동시에 여성 문인들은 완전히 남성들의 인지에 목매달 수밖에 없는 기이한 상황이 벌어지고 있었다.

여성 시인들의 상황은 더더욱 열악했다. 특히 '아줌마 시인'(세상에, 어느 나라에 이런 괴이한 용어가 있을 것인가!)들은 아무리 글을 잘 써도 매개의 혜택을 누릴 수가 없었다. 나는 마음속 깊은 곳에서 조금씩 분노가 차오르는 것을 느꼈다. 그런 상황을 타개하기 위해서는 나 스스로가 비평적으로 무장하는 수밖에 없다는 자각이 들기 시작했다. 나는 남성 권력자들이 인정하는 작가들이 아니라 나 스스로의 기준에서 문학적으로 의미 있다고 판단되는 작가들과 시인들을 발굴하는 작업을 시작했다. 평론을 발표하기 시작했을 때의 반응은 아주 뜨거웠다. 나의 시를 인정해 줄 수 없다고 하는 사람들도 비평은 흔쾌히 인정해 주는 분위기였다. 사석에서 많은 칭찬을 들었다. 그러나 사석에서 뿐이었다. 공식적으로 나는 비평가로 인정받고 있다는 느낌을 가질 수가 없었다. 왜 그랬을까? 시간이 꽤 흘러서야 그 이유를 알 수 있었다. 한국 사회에서는 비평 행위가 바로 문학 권력 행사를 의미하는 것이었기 때문이다. 그리고 나는 패밀리의 일원이 아닌데다 남성들의 말까지 듣지 않는 '나쁜 여자'였기 때문에 절대로 인정받을 수 없었던 것이다.

아마 그 때문이었을 것이다. 나는 첫 번째 문학 평론집 『비어 있는 중심―미완의 詩學』의 원고를 다 끝내 놓고도 일 년이 넘도록 출간하지 못하고 끙끙거렸다. 명확하지는 않았지만, 나의 독자적인 비평 행위가 남성들에게 미움받을 것이라는 것을 무의식적으로 간파하고 극심한 억압을 느꼈던 것 같다. 책의 서문을 읽어 보면 가능한 한 자신의 힘을 들키지 않으려고 지레 못난 체하는 한 여성 문인의 딱한 엄살이 읽힌다. 난 위험하지 않아, 난 못났어요, 그러니까 날 때리지 마세요. 지금 읽어 보면 한심하기 이를 데 없지만, 부끄럽게도 그것이 당시의 나였다.

문학 평론집 원고를 정리하고 있을 때, 나는 의미심장한 꿈을 많이 꾸었다. 중앙정보원이라는 사람들이 집에 들이닥쳐서 마구 내 책상을 뒤지며 혼쭐을 내는 꿈이었다. 지금 돌이켜보면 대체 얼마나 끔찍한 억압에 시달렸길래 그런 꿈을 꾸었을까 싶다. 그 무렵에 꾸었던 재미있는 꿈 이야기를 하나 더 하도록 하자.

비가 엄청나게 쏟아지고 있다. 집으로 가야 하는데 택시를 잡을 수 없다. 비는 무릎에 찰 정도로 내린다. 나는 비를 줄줄 맞으면서 불안한 마음으로 걸어가고 있다. 길은 계속 왼쪽 방향으로 나 있다. 중간에 거대한 송신탑이 우뚝 서 있다. 오른쪽을 흘깃 보니 환하게 불이 밝혀진 책방이 하나 있다. 그곳에서 여성 비평가 한 사람이 열심히 외국어 원서를 들여다보고 있다. 나는 비를 줄줄 맞으면서 "조금 더 멀리 가야 해" 하고 생각한다. 어렵사리 택시를 한 대 잡는다. 택시가 어떤 호텔 앞에 나를 내려 준다. 안으로 들어가니 목까지 단추를 꽉 채운 카키색 군복을 입은 남자들이 일렬로 앉아 있다. 남자들이 서류 심사를 한다. 하룻밤 공짜로 재워 주고 집으로 돌아갈 수 있게 해 준다고 한다. 그런데 조건이 있다는 것이다. 맨 앞에 앉아 있던 남자가 나에게 나무 팔찌를 하나 내민다. 그것을 내가 맨손으로 한 바퀴 모두 만질 수 있다면 공짜로 재워 줄 수 있지만, 그렇지 못할 경우에는 돈을 내야 한다는 것이다. 나는 팔찌를 받아서 손으로 만지기 시작한다. 중간쯤 만졌을 때 갑자기 팔찌가 뱀으로 변한다. 나는 깜짝 놀라서 팔찌를 떨어뜨린다. 그러자 남자가 회심의 미소를 지으며 나에게 돈을 요구한다. 엄청난 금액이다. 돈이 없다고 하자 나를 어떤 방으로 끌고 간다. 사방에 문이 달려 있는 둥근 방이다. 그 방에는 유명한 페미니스트들이 모두 모여 앉아 있다. 조한혜정 교수, 그리고 고정희 시인의 얼굴을 알아본다. 우리는 "이건 음모야. 남자들의 음모를 차단시켜야 해"라고 속삭인다. 우리는 문 왼쪽에 달려 있는 문잡이를 눌러서 문을 잠근다. 그리고 "이제 안전할 거야"라고 속삭인다. 다음 날 아침이 되었다. 갑자기 바깥이 소란스럽다. 그리고 남자들이 방문을 밀고 들어온다. 아뿔싸! 오른쪽 경첩이 모두 떨어져 있는 것을 모르고 있었던 것이다. 남편이 오른쪽 경첩이 떨어져 나간 문을 밀고 오른쪽으로 들어온다. 남편은 군인들과 협상

을 한다. 군인들은 상당히 'reasonable'한 가격을 제시
한다. 남편이 돈을 지불한다. 나는 자존심이 상했지만,
어쨌든 집으로 돌아가게 되었군, 하고 안심한다.

이 꿈은 너무나 생생해서 나는 지금까지도 그
디테일을 아주 잘 기억하고 있다. 꿈에서 깨어난
뒤 'reasonable'이라는 단어가 마음속에서 오랫동
안 울렸다. 그리고 그 단어가 꿈꾸는 자의 인식 안
에 들어왔을 때 느껴지던 안도감도. 그 안도감은
꿈에서 깨어난 이후에는 부끄러움으로 바뀌었다.
이 꿈은 당시에 나의 여성적 자의식이 처해 있었
던 상황을 너무나 잘 보여 주고 있다. 왼쪽 방향으
로 진입하고 있었던 나의 반체제적/반가부장적 행
로에 대해 무의식은, 과연 너는 감당할 만한가, 하
고 질문하고 있었던 것이다. 쏟아지는 폭우는 내
가 비평집을 묶으면서 암암리에 상정하고 있었던
여성적 원칙의 도래였을 것이고, 그 물길을 따라
서 내가 체제의 집 바깥으로 걸어 나왔다는 의미
일 터이다. 체제가 나의 담력을 시험하기 위해 내

민 나무 팔찌는 원시적 우로보로스(융적 의미의 개성화 과정의 상징)의 실체성을 내 내면이 감당할 수 있는가 질문하고 있는 것이었을 것이다. 그러나 나의 무의식은 그때까지도 어떤 타협의 여지가 없을까 눈치를 보고 있었던 것이다. 꿈은 오른쪽 경첩을 열어 놓은 채로 페미니스트인 체하고 있는 나 자신을 보여 주었다. 혹시 'reasonable'한 타협은 불가능할까?

이러한 어정쩡한 여성적 자의식은 두 번째 시집에서 '에우리디케'라는 여성적 자아를 설정하게 한다. 이 설정은 너무나 의미심장하다. 어쨌든 나는 시인의 대명사로 여겨지는 남성 오르페우스의 영광으로부터 지옥에 처박혀 있는 여성 에우리디케의 비참한 언어에게로 관심의 대상을 옮기는 데까지는 이르렀던 것이다. 그러나 얼마나 수동적인 세팅인가. 그녀는 하염없이 그곳에서 자신을 지옥으로부터 끌어내어 줄 오르페우스를 기다리고 있었다. 달리 말하면 당시의 나는 여전히 남성들의 인지를 받아서 편하게 체제에 동승하기를 꿈꾸었던 것이라고 볼 수 있다.

그러나 오르페우스는 오지 않았다. 나는 또 엄청난 고통을 겪으며 결국은 나 자신이 나 자신의 오르페우스가 될 수밖에 없다는 것을 깨달을 때까지 지옥의 길을 더듬는 수밖에 없었다. 두 번째 시집은 이처럼 어정쩡한 상태에서 태어났다. 그러나 그동안 나는 내가 구박해 왔던 여성성과 어느 정도 화해하기에 이른다. 그리고 그사이에 상지대에서의 힘든 싸움이 내 자신 안에 숨겨져 있던 여성적 힘을 인지하게 되는 계기가 되었다. 3년여를 너무나 힘들게 싸웠다. 그 와중에 나는 '여성적인 힘'이라는 것이 분명하게 존재한다는 것을 아주 힘차게 깨달았다.

처음에 재단과의 싸움이 시작될 당시에 교수 협의회 회원은 70명 정도였다. 여성은 8명이었다. 그런데 중간에 한 번씩 재단에서 흔들면, 도중하차하고 또 도중하차하고, 나중에 싸움의 강도가 가장 높아졌을 때(단식투쟁)에는 15명의 교수가 남아 있었을 뿐이다. 그중에서 7명이 여성이었다. 여성들은 한 명만 빼고 모두 신념을 지켰던 것이다.

처음에 동료 교수들은 나를 믿지 않았다. 마음이 너무나 약해서 툭하면 울음을 터뜨리고, 조그만 모욕도 견뎌 내지 못하고 파르르 떨었다. 그것을 동료 교수들은 확신의 결여라고 보았던 것 같다. 지금도 나의 그러한 면모를 잘 이해하지 못하는 사람들이 많다. 그러나 그것은 오히려 나의 특성이다. 일종의 약한 강함이라고 보면 될 것 같다. 나는 오히려 나의 약함에 기대어 싸웠다. 나는 오히려 나의 약함에게, 또는 못남에게 발언권을 주기 위해서, 아니, 더욱더 정확하게 말하면 세계가 '못남'이라고 인지하게 만들었던 나의 여성으로서의 특질들에게 말할 권리를 주기 위해서 그토록 힘겹게 싸웠다고 볼 수 있다. 나처럼 힘없는 것들을 보호하기 위해서 나는 어미 늑대처럼 사납게 싸웠다. 흔들리고, 부대끼고, 고통스러워하며.

그 힘센 손들, 때로는 춤추듯이 때로는 쓰다듬듯이,

교묘하게, 우리가 순진할수록, 호의에 가득 찬

우리 가슴의 따스한 피를 무력하게 만드는

언제나 전략인 말들, 메두사, 자신의 추함과

일관성없음에 대해 전혀 고통스러워하지 않는,

〈힘〉만이 유일한 일체의 기준인, 타고난 뻔뻔스러움

알겠니, 이제야 별수없는 것을?

으르며, 달래며, 어느새 너무 지쳐서

우리의 거덜난 자존심을

차마 마주 보지 못하고, 거의, 에라

모르겠다 라고, 거의 말하고 싶어질 때

내 안 아주 깊은 곳에서 약하게

약함으로써 가장 정당하게, 그래서

비로소 가장 옳게 말하기 시작하는

우리의 무력한 진정함, 틀림없이 다시 흔들릴,

그러나 나는 두렵지 않다

약함이여, 네게 기대어 나는 천천히 고개를 든다

당당하라, 모래알들, 個我여

「暴力에의 대응방식」

그것은 분명히 일종의 힘이었다. 나는 내 안에
그렇게 독특한 힘을 가지고 있는 여자가 숨어 있
다는 사실에 환호했다. 내가 파묻어 두었던 여자
가 서서히 돌아오고 있었다. 더불어 육체도 돌아
왔다. 여자의 육체는 추악한 것이 아니라 아름다
운 것이라는 것을(이때 내가 말하는 아름다움이란 남성
들의 시선 앞에 전시되는 여성 육체의 아름다움을 말하는
것이 아니다. 존재 의미를 담보한, 존재 안에 통합된 육체
성의 특질을 의미하는 것이다) 늦게야 깨달은 것이다.
그 환희는 두 번째 시집 『매혹, 혹은 겹침』의 많은
시들에 들뜬 모습으로 묘사되어 있다.

그러나 그처럼 변화의 도정으로 들어섰으
면서도 나는 아버지의 형이상학을 버릴 용기

를 내지 못했다. 철학적으로 문학적으로 여전히 'reasonable'한 타협을 꿈꾸고 있었다. 왜냐하면 말의 독립을 쟁취하는 것은 학교의 비리를 해결하는 문제와 전혀 다른 근원적 층위의 문제이기 때문이다. 학교에서 나는 남성 교수들과 완전히 하나의 맥락을 공유하고 있는 당당한 전장의 동료였다. 그러나 문단으로 옮겨갔을 때, 나는 여전히 억압을 겪고 무시당하고 있는 '아줌마 시인들' 중 한 명에 불과했다.

남성들로부터 '말'을 탈취한다는 것은 생각보다 훨씬 더 위험한 일이다. 내가 문학 권력 비판을 시작한 이후, 남성 문인들로부터 당하고 있는 대접은 상상보다 훨씬 험하다. 나는 남성들이 할당해 준 쿼터가 아니라 스스로의 몫을 스스로의 힘으로 확보하겠다는 의지를 드러냈기 때문에 미움을 받고 있다고 생각한다. 그 독립 선언에 대한 저항은 생각보다 더 거셌다. 미움받을 것을 각오하기는 했지만, 이처럼 잔인한 대접을 받으리라고는 생각해 본 적이 없다.

당시 나는 아주 어렴풋이 여성성의 부활을 느끼
고 있었지만, 내가 인지하고 있는 방식은 여전히
어느 정도 관념적이었다. 그 무렵의 내 육체는 아
직까지 매우 초월적인 육체였다. 그것은 여전히
물질과 비물질의 경계에서 흔들리고 있었다.

  나는 말들을 넘어선 고적함을 꿈꾸어요

  한 송이 민들레의 지독한 섬세함 그리고
  그것의 생의 결에 완전히 겹쳐지는
  바람 오 내가 얼마나 깊이 그 열림을 이해한 것일까

  내 가슴의 모든 섬모들이 그 바람을 따라 흔들려요

  세상에 둘 곳 없는 흔들림, 의미의 오로라가 그것 위에
  천년 전부터 있었던 광휘를 드리워요 내가
  외양들의 거의 지워진 마지막 저항에게
  손짓해요 쉿 조용히 해 그리고 기다려 봐

나의 존재가 잠깐 파르르 떨어요, 보아요, 내가

지워진 자리에서 언제? 지금? 아니 천년 전에?

물빛 이슬처럼 자유롭고 순결한 규정되지 않는

윤곽이 다시 시작되는 것을, 눈물이 나요 안녕

아직은 어스름 저녁 어두운 육체 안에서

망설이고 있지만, 그렇지만 나는 한번 드러난

부재를 잊지 못해요-우연한 형태 안에 갇혀 있는-

나는 그것의 이마 또는 눈썹 위에 조용히

내 마른 장작개비 손을 가져다 대어요

그때 얼마나 엷고 부드러운 불이

내 존재의 발치에서 타오르기 시작한 것인지

나는 조금 지워진 내 발목을 내려다보아요

언덕 위, 또는 조금만 벗어난 삶,

흔들림-나지막한 들리움

「언덕 위, 또는 나지막한 들리움」

그래서 나는 두 번째 시집에서 자신의 정체성을 '연인'으로 설정한다. 훼손되었던 여성성은 회복되고 있었지만, 시적 자아는 아직까지도 자신을 독립적인 여성으로 인지하지 못한다. 그녀는 여전히 남성들의 눈치를 보고 있었다. 아마 그러한 이유 때문이었을 것이다. 『매혹, 혹은 겹침』에서 나는 지적인 조작을 많이 시도했다. 그것은 당시에 내가 어렴풋이 감지하기 시작한 내면성의 지표로서의 역할을 하기는 했다. 나는 남성들의 철학 담론에서 이런저런 용어들을 빌려다가 시에 끼워 넣었다. 이를테면 다음 시에서 내가 기대고 있는 것은 들뢰즈와 가타리의 '탈주' 개념이다.

숱한 입구들. 열려 있는. 도처로 그러나 아무데도 이르지 않는. 방황. 차단된

도달. 밀어붙여진 존재. 어디까지나 확장되는. 그러나 그 속에 갇혀 있는.

무수한 K들. K인, 분명히. 제시된 시니피앙들. 그러나
동시에 K가 아닌. K만 아닌.

나는 짐승들을 찾아 헤맨다. 지독히 많은 K들, 잘게 가
장 不在에 가깝게 분열 증식하는, 그대들의 거미줄에 걸
리지 않기 위해서 언제나 지나치게 빨리 지나치게 늦게
사는 나의 엉뚱한 시간배치.

나는 존재를 복수로 만든다. 나는 아무데서나 아무렇게
나 사는 아무나들이다.

그물을 들고 흔들어보아야 소용없다. 나는 걸려들지 않
는다.

나는 거의 무너질 듯이 살아 있다. 그러나 나는 얼마나
잘 버티는가.
떨림의 삶. 내 살에 돋는 낯선 소름들.
그리고 엄연한 일상. 나의 대조는 그것의
지리멸렬함 곁에 가장 열심히 다가간다.

아무것도 끝나지 않았다. 끝나버린 것은 아무것도 없다.

그리고 삶이…지지부진한 완만한 죽음이…다시…서서히…

「詩-도피선 긋기」

자신의 작품에 대해서 객관적인 평가를 하기는 어렵지만, 못 쓴 시는 아니라고 생각한다. 철학적 사색도 잘 육화되어 있다. 그러나 꼭 '도피선 긋기'라는 남의 용어를 가져다 쓸 필요가 있었을까? 그것은 알게 모르게 내가 지성적이라는 것을 과시하기 위한 일종의 허위의식은 아니었을까? 이런 문화적 코드가 들어가면, 우리나라 남성 비평가들은 얼른 받아들여 주는 경향이 있다. 그런 문화적 코드들로 해석될 수 있는 시들을 논평함으로써 자기도 최신 담론이 가지고 있는 상징적 자본을 소유하고 있다는 것을 과시할 수 있기 때문이다. 나는 아마도 그런 방식으로 남성 비평가들의 눈에 뜨이기를 바랐던 것인지도 모른다. 부끄러운 일이지만 그것을 부정할 수 없다.

두 번째 시집을 출간하고 난 후, 나는 페미니즘에 대한 생각을 조금씩 말하기 시작했다. 나는 스스로 내가 이제 제법 괜찮은 여자가 되었다고 생각하고 있었다. 그러나 두 가지 경험이 나를 송두리째 뒤흔들어 놓았다.

『또 하나의 문화』 4호는 「여자의 말」을 특집으로 다루었다. 『또 하나의 문화』 동인들은 내가 평소에 페미니즘에 대해 이따금 발언해 왔으므로, 내가 이 문제에 관해서 분명한 입장을 가지고 있다고 생각했던 것 같다. 그녀들은 그 책의 출판 기념으로 열렸던 독회에 나를 초대했다. 그런데 나는 책을 받아 놓고 한 페이지도 열어 볼 수 없었다. 무엇인지 모를 억압감이 나를 짓누르고 있었다. 책의 표지를 열어 보기가 겁났다. 도대체 이유를 알수가 없었다. 시간이 어느 정도 지나서야 나는 내가 '여자의 말'이라는 주제에 그토록 겁을 집어먹었다는 사실을 알게 되었다. 독회에 나가서 나는 정신없이 버벅댔다. 너무나 창피하고 부끄러웠다. 그날 내가 들었던 어떤 젊은 동인의 이야기는 내 가슴속을 후벼팠다. 그녀는 자기가 어째서 자기의 말을 가지려고 생각하게 되었는지를 자신의 경험을 통해 들려주었다. 내가 어떤 수필에선가 썼던 대목을 되풀이하겠다.

"나는 이 책을 읽고 여자도 말을 할 수 있다는 것을 알았습니다. 나는 젊은 시절에 고향을 떠났습니다. 고향은 나에게 '지옥'의 이미지로 남아있습니다. 그런데 그 지옥은 나에게 두 여성의 이미지와 겹쳐집니다. 하나는 우리 어머니. 어머니는 아버지에게 당하실 때는 그 앞에서 한 마디 말씀도 못하고 앉아 계시다가, 아버지가 집을 나가시면, 부엌 창문 앞에 서서 바깥의 허공에 대고 삿대질을 하시면서 중얼중얼 욕설을 퍼붓기 시작합니다. '이누무 김가야, 네놈이 말야' 하시면서 말이지요. 욕설은 점점 더 커지고, 그리고 나중엔 통곡으로 변합니다. 나는 너무나 견딜 수가 없었습니다. 또 한 여성은 미친 아줌마였는데, 이 아줌마는 임신중독증이 너무

심해서 임신을 하면 돌아버립니다. 보통 때는 멀쩡하다가 임신만 하면 그 지경이 되는 거예요. 그런 사실을 알면서도 그녀의 남편은 그녀를 줄곧 임신시켰습니다. 나을 만하면 또 임신을 해서 미쳐 있고, 또 나을 만하면 또 임신을 하고…… 그렇게 늘 미쳐 있었어요. 나는 고향을 일찍 떠났습니다. 아주 오랫동안 고통스러운 세월을 거쳐서 고향에 돌아가 보니, 글쎄, 그때의 '미친 야줌마'가 '미친 할머니'가 되어 있는 거예요. 그 이후에 나는 말을 가져야겠다는 생각을 했습니다. 우리 엄마나 그 미친 할머니처럼 말을 가지지 못한 채 쓰러지지는 않겠다고 다짐했습니다. 나는 나만의 말을 가지겠다고 결심했어요. 그래서 남성들에게 당당하게 '아니야'라고 말하겠다고요. 저는 그 이후에 소설을 쓰기 시작했습니다. 아직까지는 잘 되지 않습니다. 그러나 해낼 거라고 생각합니다."

그날 밤 나는 집에 돌아와서 잠을 이루지 못했다. 나는 내가 얼마나 한심한 책상물림인 명예 남성에 불과한가를 뼈저리게 느껴야 했다. 회한과 부끄러움이 가슴을 쳤다. 나는 사실은 '여자로 말하고' 싶어하지 않았던 것이다. 그랬다가는 정말로 '마녀' 취급을 받을 테니까. 나는 멀었다. 정말 멀었다고 자신을 질타했다.

그 이후 나는 '여자의 말'이라는 주제에 매달렸다. 그리고 정말로 여자로 사유하고 여자로 살아야 한다고, 아버지들에게서 미움을 받아서 쫓겨나더라도 독립적인 여자가 되어야 한다고, 오르페우스를 기다릴 것이 아니라 나 자신의 사유와 힘으로, 나 자신의 언어로 나 자신의 문학뿐 아니라 구박받고 있는 다른 여성 시인들의 작품도 버젓이 세상 앞에 세워 주어야 한다고 생각했다. 이제 정말 '좋은 여자'가, '좋은 여성 시인'이 되어야 한다.

얼추 그 즈음에 내가 얼마나 허위의식에 찌들어 있었던가를 알게 해 준 또 다른 경험을 하게 되었다. 어느 날인가, 당시 열음사 편집장으로 있던 시인 노혜경이 나에게 원고 뭉치를 하나 가지고 왔다. 나는 노혜경 시인과 전혀 면식이 없었다. 의외라는 생각이 들었다. 그녀는 "박서원이라는 시인

인데, 정말 빼어나요. 그런데 평론가들이 알아보지를 못해요. 선생님이라면 이 시인의 진가를 알아보실 거예요"라고 말했다. 나는 원고 뭉치를 받아 들고 돌아왔지만, 별로 펼쳐 보고 싶은 마음이 없었다. 평소에 그녀의 시를 몇 번 읽어 보았던 적은 있었지만 눈여겨보지 않았던 것이다. 아주 색다르기는 한데 어딘가 불편하다는 느낌을 받았던 기억이 난다. 게다가 그녀는 고등학교 중퇴의 학력을 가지고 있는 여성 시인이었다. 아마 나도 모르게 내 마음속에는 '대학도 못 나왔는데 뭐 그렇게 빼어난 시를 쓰겠어'라는 마음이 틀림없이 있었을 것이다. 나는 한참 동안 원고 뭉치를 열어 보지도 않은 채 처박아 두었다. 약속했으니 읽어 보기는 해야 할 텐데 하는 생각 때문에 마음 한구석은 불편했다.

그러다가 어느 날인가 원고를 열어 보고, 경악했다. 정말로 빼어났던 것이다! 지금까지 읽었던 어떤 시와도 달랐다. 화사하고 세련되고, 그리고 대단히 섬세하고 지적이었다. 내가 얼마나 천박한 선민의식을 가지고 있었던가 절절하게 깨달을 수밖에 없었다. 원고를 세계사에 가져가 출간 약속을 받아 냈다. 그리고 꼼꼼한 해설을 썼다.

이 두 가지 경험으로 나는 그때까지 나를 사로잡고 있었던 '명예 남성 의식'을 상당히 극복할 수 있었다. 그 무렵부터 나는 뛰어난 '아줌마 시인들'을 위해 열심히 발언하기 시작했고, 상업적 고려에 의하여 문학적으로 수준이 낮은 작품들을 비평적으로 과장해서 판매하는 기득권 문단의 행태를 직접적인 방식으로 비판하기 시작했다. 나는 바야흐로 박해를 자초하는 길로 접어든 것이었다.

그러자 사방에서 돌이 날아오기 시작했다. 그 무렵부터 '마녀교의 종정'이라는 별명이 나를 따라다녔다. 내가 별 볼 일 없는 아줌마들 편을 든다고 걱정하는 동료들도 있었다. 그러다가 너까지 미움받는다고 걱정하는 사람들도 있었다. '마녀교의 종정'이라는 별명은 상당히 점잖은 편에 속하고, '푼수', '또라이'라는 별명들이 오히려 더 자주 나를 따라다녔다. 남성 문인들이 술자리에 모여 앉아 키득거리며 '씹는' 안줏감에 '김정란'이라는 메뉴가 하나 더 추가된 셈이었다. "꼭 안 될 사람만 찍어요"라고 말했던, 그때까지만 해도 절친하게 지냈던 남성 평론가의 말이 기억난다. 내가 '푼수'라는 것은 그런 의미였던 것이다. 안전하게 아버지들이 좋아하는 문인들 시중이나 들지 않고 중뿔나게 아무도 알아주지도 않는, 게다가 장사가 될 턱이 없는 아줌마 시인들 편을 든다는 것이었다.

남성 문인들의 놀림 정도야 각오한 것이었으니 접어 두더라도, 여성 문인들의 반응에 많이 놀랐다. 그녀들은 "여자, 여자 하지 좀 말라"고 말했다. 그녀들은 내가 또 다른 패거리를 만들고 있다고 비난했다. 나는 남성들의 비난보다도 여성들의 비난에 더더욱 마음을 다쳤다.

나는 점점 더 구박 덩어리가 되어 갔다. 어떤 중견 문인은 술자리에서 "매장시켜 버리겠다"고 말하기도 했고, "누군가 저 여자의 입을 닥치게 해야 한다"고 말하는 사람도 있었고, 어떤 잡지 편집 회의 석상에서는 "김정란을 죽여야 한다"는 말도 나왔다고 한다. 친하게 지내던 여성 문인들도 점점 더 멀어져 갔다. 아, 이런 거였군. 그래서 대접받는 여성 문인들이 그토록 조용히 입 다물고 지내는 거였군.

그러나 그럴수록 내 안의 여자는 힘차게 되살아나기 시작했다. 나는 타자의 힘, 이라고 생각했다. 나는 내가 여자임을 이제 더 이상 부끄러워하지 않게 되었다.

뱀의 극복

그런데 그 무렵부터 나는 다시 매우 의미심장한 꿈들을 꾸기 시작한다. 그즈음에 꾸었던 꿈 이야기를 하나만 더 하자.

나는 어떤 동굴 같은 곳의 왼쪽 구석에 앉아 있다. 동굴 벽은 살아서 움직이는 것처럼 보인다. 나는 동굴 벽이 습기로 젖어 있다고 느낀다. '자궁벽같이 생겼군' 하고 생각한다. 빛이 왼쪽에서 들어온다. 일어나서 길을 따라간다. 왼쪽으로 아스팔트 길이 나 있고, 그 왼쪽으로

나지막한 강물이 흘러가고 있다. '아주 이상한 장소군'
하고 생각한다. '분명히 어떤 장소의 안인데, 바깥처럼
느껴지기도 해.' 고등학교 시절부터 나를 깊이 사랑하는
친구 주현이 나타나서 나에게 어딘가로 가야 한다고 말
한다. 그녀는 자기는 앞차에 타고 갈 테니 뒤에서 따라
오라고 이른다. 차는 아주 눈부신 하얀색 지프다. 주현
이 앞차를 타고 떠난다. 나는 뒤차의 뒷좌석에 올라탄
다. 운전기사는 뒷통수만 보인다. 어쩐지 '스페인 남자
일 것'이라는 생각이 든다. 차가 빠르게 질주하기 시작
한다. 동굴 벽이 머리가 스칠 정도로 가까이 내려와 있
다. 이따금 동굴 벽이 눈앞을 스치지만, 나는 아주 날렵
하게 머리를 숙여서 부딪치는 것을 피한다. '운전을 기
막히게 잘하는군' 하고 생각한다. 차가 얼추 동굴 입구
에 이르렀다. 왼쪽 방향으로 빛이 들어오는 입구가 보
인다. 주현의 지프는 동굴 밖으로 빠져나간다. 내가 거
의 동굴 입구에 이르렀을 때쯤, 어디선가 집시들이 떼
거리로 몰려온다. 그들은 동굴을 빠져나가려면 500페
세타를 내야 한다고 말한다. 지갑을 꺼낸다. 프랑화밖
에 없다. 내가 500프랑짜리 한 장을 꺼내면서 프랑화뿐

인데 이걸로 내도 되느냐고 묻자, 그중에서 가장 꾀죄죄한 여자 하나가 프랑화로 내면 거스름돈을 가져다주겠다고 말한다. 여자가 500프랑을 받아 들고 오른쪽으로 사라진다. 그러나 한참을 기다려도 여자는 돌아오지 않는다. 나는 화가 나서 그 여자가 사라진 쪽으로 가 본다. 여자가 사라진 곳은 어떤 원시 종교 사원의 입구처럼 보인다. 입구에 금줄이 하나 걸려 있고, 그곳에 넥타이들이 줄줄 걸려 있다. 나는 힘차게 그 넥타이들 중 하나를 잡아챈다. 여자는 방 안에서 이불을 뒤집어쓰고 어떤 돈이 많아 보이는 중늙은이와 뒹굴고 있다. 나는 그들에게 넥타이를 채찍처럼 휘두르기 시작한다. "왜 거스름돈을 안 내놓는 거야!" 그들이 두려워서 벌벌 떤다. 내가 채찍을 휘두르고 있는 동안 채찍이 뱀으로 변한다. 그러나 나는 조금도 두렵지 않다. 나는 계속 힘차게 뱀-채찍을 휘두르며 그들을 다그친다. 늙은 남자가 "알았어, 내줄게"라고 기어들어 가는 목소리로 말한다.

그 꿈을 꾸며 느꼈던 자기 확신에 찬 힘이 아직도 기억난다. 꿈에서 깨어난 뒤, 나는 "드디어 뱀을 극복했다"라는 생각이 들었다. 그리고 나는 꿈이 나에게 프랑스로 상징되는 이성과 스페인으로 상징되는 원시성 또는 영성적 직관 사이에서 균형을 잡을 것을 명령하고 있다는 사실을 알게 되었다. 그것은 지금까지 내가 몰두해 있었던 프랑스적 이성주의를 스페인적인 원시성으로 부분적으로 교환할 것을 명하고 있었다. 말하자면 꿈은 나에게 이성도 영성도 포기하지 말되, 그 길을 확신을 가지고, 팔루스男根에 대한 두려움 없이 걸어가라고 이르고 있는 것이었다. 꿈은 또한 나에게 남성들과 그들의 협조자들인 명예 남성인 여성들이 가로챈 여자의 몫을 되찾아 오라고 이르고 있었다. 그리고 그러한 일련의 모든 시도의 존재론을 공간적으로 해석했을 때, 그것은 '안이면서 바깥'인 장소에(타르코프스키의 〈향수Nostalghia〉가 그토록 아름답게 표현했듯이) 도달하는 방식이라는 것도.

이 꿈을 꾸고 난 뒤, 나는 내가 더 이상 체제와 남성들을 두려워하지 않게 될 것이라는 것을 확신하게 되었다. 그리고 내가 이론적으로 어느 정도는 모험적으로 내밀었던 '여자의 말'이라는 것이 실제로 존재한다는 것도. 그렇지 않다면 이 절묘한 세팅은 무엇을 의미하는 것이란 말인가. 이 꿈은 너무나 영리하지 않은가. 이제 나는 말을 가지게 될 것이다. 그리고 나는 더 이상 일생 동안 나를 괴롭혀 왔던 여성적 열등감 때문에 고통스러워하지 않을 것이다. 남성의 전유물이라고 여겨져 왔던 이성의 몫을 지니고 내면의 길을 확신을 가지고 걸어갈 것이다. 아버지의 영광을 위하여 내 안에 파묻어 두었던 어머니를 되살려 낼 것이다.

그 무렵부터 나의 내면은 뚜껑이 열린 듯이 이미지들을 쏟아 내기 시작했다. 그 이미지들은 더 이상 젊은 날의 이미지들처럼 화사하고 아름답지 않았다. 그것은 괴이쩍고 얼룩덜룩하고 두꺼웠다. 그러나 나는 그 이미지들이 전혀 다른 의미에서 아름답다고 느꼈다. 글쎄, 프랑스 시인 이브 본느프와Yves Bonnefoy의 용어를 빌리면 '힘든 아름다움beauté difficile'이라고 부를 수 있을까?

처음에 내가 느낀 것은 엄청난 심리적 혼란이었

다. 날마다 나의 몸 안에 차고 넘치는 이미지들 때문에 정신을 차릴 수가 없었다. 그것은 대대적으로 이루어지는 어머니의 복수였다. 나의 내면은 그동안 내가 그것을 짓눌러 왔던 만큼 더더욱 격렬한 에너지를 가지고 치고 솟아올라 왔다. 외적으로는 멀쩡한 일상인으로서 잘 살아가고 있었지만, 내 안에서는 지옥의 사투가 벌어지고 있었다.

어디에서 왔는지 모르는 그 이미지들은 처음에는 어떤 에너지의 덩어리처럼 느껴졌다. 아주 혼란스럽고 뒤죽박죽인 모양을 하고 있었다. 타르코프스키의 〈솔라리스Solyaris〉에 나오는 '생각하는 바다'의 이미지를 떠올리면 될 것 같다. 그러나 그것은 점차로 분화된 언어가 되어 가기 시작했다. 어떨 때는 멀쩡하게 대낮에 이미지가 찾아와서는 영화 한 장면을 드르륵 상영하고 간다. 완벽한 내러티브를 가진 이미지였다. 그러나 그런 방식으로 찾아온 이미지들을 모두 다 받아썼던 것은 아니다. 그것들이 '시'인지 아닌지 판별하는 어떤 예술적 주체가 내 안에 있었다. 나는 내가 처음부터 끝까지 모두 해석할 수 있는 경우에만 시로 옮겨 적었다. 세 번째 시집『그 여자, 입구에서 가만히 뒤돌아보네』의 마지막 부분에는 그런 방식으로 쓴 시들이 편집되어 있다. 이를테면 다음의 시가 그 시들 중 하나이다.

까마득한 과거

#1 가물가물 아주 멀리, 화면은 왼쪽 맨 끝에 배치되어 있다. 거의 흑백의 톤이다. 거대한 코끼리 떼가 줄지어 오른쪽으로 이동한다. 어미 코끼리 뒤에 따라가는 사랑스러운 작은 코끼리. 잿빛 피부와 선연한 대조를 이루는 하얀 상아. 어렴풋한 하늘. 아주 멀리, 산들, 반짝이는 능선의 눈.

조금 덜 까마득한 과거

#2 화면 여전히 흑백의 톤. 그러나 화면의 시야는 #1에서보다 훨씬 더 좁혀져 있다. 화면은 조금 더 눈 앞으로

다가와 있고, 조금 더 오른쪽으로 옮겨와 있는 배치. 하이에나가 땅을 마구 파헤친다. 〈무덤〉이라고, 누군가가 말 아닌 말, 지금까지 알려진 바의 말보다 훨씬 더 직접적인 말로 말한다. 인식의 화면에 막바로 떠오르는 말. 뼈다귀 몇 개가 무덤 밖으로 삐죽이 솟아나와 있다.

지금, 여기

#3 갑자기 화면 천연색으로 바뀌면서 오른쪽으로 훨씬 이동한다. 거의 한가운데 눈 앞으로 바짝 당겨 배치된 화면. 아주 하얀색의 거대한 容器가 나타난다. 용기 사이사이에 단층(오, 시간의 접질러짐, 진화의 맥락)과 같은 줄무늬. 아주 빨리, 신발인가? 아니, 방주 같은데…… 아니, 무덤이야, 라는 말이 들린다. 화면 다시 빨리 더 오른쪽으로 움직여서 한가운데에 고정된다. 황토빛 벽. 생생한, 새 흙의 느낌. 흙은 황금빛으로 빛나고 있다. 왼쪽 침대 위에 얼굴이 보이지 않는 시신이 하얀색 시트로 덮여 있다. 시신의 발이 삐죽이 보인다. 그 앞에, 얼굴이 보이지 않을 만큼 하얀색 머릿수건을 깊이

눌러쓴 여자 하나가 검은 수녀복을 입고 고개를 숙인 채 단정하게 앉아 있다. 거의 기하학적인 모습. 그러나 화면 전체의 실체감은 너무나 뚜렷하다.

다시 지금, 여기

#4 천연색 화면 다시 빠르게 오른쪽으로 이동. 오른쪽 맨끝. 금빛으로 찬란하게 반짝이는 진흙 땅이 나타난다. 테니스 코트일까? 정방형의 한귀퉁이에 그려진 금線이 보인다. 오른쪽 맨 끝에, 금 위에 걸쳐진, 세 개의 그림자가 나타난다. 양쪽 두 개의 그림자는 작고 흐릿하고, 가운데 하나는 훨씬 크고 뚜렷하다. 왼쪽 변의 금 속에서 물이 졸졸 흐른다. 그 물 위에 두 개의 촛불이 나타나, 이리저리 왔다갔다 한다. 목소리가 들린다. "잘 봐, 사각형 안에 잘 보이지 않는 어렴풋한 사각형이 또 하나 있어. 그건 숨겨진, 본질적인 사각형이야." 과연, 어렴풋한 사각형이 테니스 코트 안에 살며시 나타난다.

아득한 미래

#5 화면 다시 흑백 톤. 다시 한가운데. 아래서 위로 올려다보여지는 상당히 가까운 화면. UFO 모양의 검은 구름들이 한없이 위로, 위로, 올라가고 있다. 사이사이, 마른 번개가 친다.

　　「이미지들―금빛 황토, 여자의 몫인 죽음과 (영역)」

　이 시는 '죽음'의 주제를 한가운데에 놓고 선사시대와 역사, 그리고 미래까지 통합적으로 제시하고 있다. 시의 제목이 '이미지들'이라고 되어 있는 이유는 시인이 자신이 제시하는 세계관이 단 하나의 진리가 아니라 여러 개의 세계관들 중의 하나에 불과하다는 것을 말하기 위해서이다. 시는 '죽음'을 중심으로 해서 있음(흰색, 陽, 남성적 자질, 드러난 것)과 없음(검은색, 陰, 여성적 자질, 숨겨진 것)이 여성의 육체를 통해 관계를 맺는 방식을 이야기하고 있다. 그리고 그 사이에 '말'의 문제가 개입되어 있다.

　시는 카메라의 배치를 시적 언어로 차용한다.

우선 '까마득한 과거'. 화면은 왼쪽 맨 끝, 상상적
으로 설정된 무의식, 시인이 괄호 안에다 배치한
(영역)이다. 그것이 아직 실체적 인식이 아니라는
것을 말하기 위해서 시인은 화면을 '흑백'으로 처
리한다. 코끼리 떼, 고대의 맘모스들이 '오른쪽'으
로 이동한다. 즉 무의식의 내용이 의식의 영역으
로 움직이는 것이다. 작은 코끼리가 제시된다. 새
로운 존재, 새로운 인식의 탄생의 예감. 코끼리의
'하얀 상아'가 특별히 언급된다. 시는 없음에서 있
음으로 움직이는 형식이기 때문이다.

「조금 덜 까마득한 과거」에서는 카메라의 시야
가 좀 더 좁아지고, 앞으로, 그리고 오른쪽으로 옮
겨와 있다. 이야기가 현실 안으로 훨씬 다가온 것
이다. 하이에나가 무덤을 파헤치고 있다. 약탈이
시작된다. 〈말〉도 들린다. 역사가 시작된 것이다.

다음 화면은 '지금, 여기'라고 명명된다. 거의 한
가운데로 옮겨진 '천연색' 화면. 이미지는 실체성
을 가지고 관객에게 주어진다. '하얀색의 거대한
容器'는 결국 인간이 지금까지 만들어 왔던 모든

형태의 '죽음(없음. 아니. 차라리 없어짐?)'과의 싸움의 형태(있음)를 제시하는 이미지이다. 그 용기에 '단층'이 있다. 그것을 시인은 '접질러진 진화의 맥락'이라고 명명한다. 즉 시인은 인간이 발달시킨 모든 패러다임 사이의 균열을 통합하는 어떤 새로운 총체성으로서의 패러다임을 이미지로 제시하는 것이다. 맥락과 맥락 사이를 파고드는 어떤 콘텍스트적 탈콘텍스트. 누군가 그 이미지를 해석한다. '신발?' 한 사람 한 사람의 개별적 형식? 다른 해석이 이어진다. '방주?' 공동체의 운명? 아니, '죽음'이다, 라는 해석이 최종적으로 채택된다. 모든 형태는 개별적이든 공동체적이든 죽음과의 한판 승부이다. 그러자 화면이 완전히 한가운데에 배치된다. 이 이미지의 가장 중요한 메시지가 의식과 정면으로 관계를 맺겠다는 것이다. 무덤의 벽은 '새 흙'이며, 황금빛으로 빛난다. 죽음은 늘 되풀이되는 생생한 사건이다. 죽음은 언제나 '나의 임박한 죽음'이다. 그 새로운 죽음에 황금빛을 칠해 놓은 것은, 지금까지 음산한 것으로만 여겨졌던 죽음이 인식의 보물창고라고 말하려는 것일까? 여자가 죽음 앞에 앉아 있다. 그녀는 흰색 머리 두건을 얼굴이 보이지 않을 정도로 깊이 눌러쓰고 있다. 여성의 육체는 존재의 어느 지점에 이르면 보편성에 합류한다. 그녀의 얼굴은 지워진다. 흰 두건을 쓴 그녀는 검은 수녀복을 입고 있다. 정신과 육체, 있음과 없음의 통로인 여자의 육체. 여자가 '수녀'라는 것은 그녀가 남자와 결혼하지 않은, 남자의 원리에 기대지 않는, 자신의 독립적 원리를 추구하는 여자라는 암시처럼 보인다.

다시 화면 이동. 오른쪽 끝. 메시지는 의식의 극한에서 수신된다. 여전히 진흙땅. 근대 이후에 아스팔트 밑에 깔린 원초성. 땅은 테니스 코트 같다고 말해진다. 호모 루덴스의 영역? 정방형, 자아 통합의 이미지. 테니스 코트 금 위에, 즉 형태와 비형태의 경계선에 세 개의 그림자가 나타난다. 한가운데에 있는 존재가 가장 크다. '사이'의 존재. 서로 길항하는 인간적인 두 원리들을 다 껴안거나 다 물리치는 제3의 길. 그것이 가장 크다는 것은 시인의 추구가 그 제3의 가능성을 가장 중요하게 여기고 있다는 것을 나타낸다. 왼쪽 금(직관적 형태)이 강조된다. 금 위에서 '물이 졸졸 흐른다'. 즉 시인은 규정된 고체의 형태가 아니라 유동적이고 흔들리는 형태를 찾고 있는 것이다. 두 개의 촛불. 이항 대립을 극복하려는 의지. 죽음과 삶, 어두움과 밝음, 없음과 있음, 여자와 남자, 기타 등등. 그러자 최종적 메시지가 수신된다. 형태 안에 또 다른 형태가 있다. 드러난 것 안에 드러나지 않은 것이 있다. 영혼의 숨겨진 형식.

이제 '미래'가 제시된다. 화면은 아래에서 위로 올려다보아진다. 즉 이것은 현실태의 인식이 아니라는 것이다. '전망'의 시각. 그러나 시인은 '상당히 가까운 화면'이라고 말함으로써 이 전망이 단순한 환상이거나 망상이 아니라는 것을 강조하고 있다. 화면은 다시 실체성을 떠나 흑백으로 돌아간다. UFO가 등장한다. 아직 없는 것으로서의 존재 형태. 사이사이 번개가 쳐서 UFO 모양의 구름과 대지를 연결한다. 신성함, '아직 없음'과 세속성,

'이미 있음'이 이어진다. 시인은 인간이 미래에는 신성함과 연계되는 삶의 형태를 가지게 될 것이라고 기대하는 것이다.

오매, 미친년 오네
─고정희와 광주

오매, 미친년 오네

넋나간 오월 미친년 오네

쓸쓸한 쓸쓸한 미친년 오네

산발한 미친년 오네

젖가슴 도려낸 미친년 오네

눈물 핏물 뒤집어쓴 미친년 오네

옷고름 뜯겨진 미친년

사방에서 돌 맞은 미친년

돌 맞아 팔다리 까진 미친년

쓸개 콩팥 빼놓은 미친년 오네

오오 오월 미친년 오네

히, 히, 하느님께 삿대질하며

하늘의 동맥에다 칼을 꽂는 미친년

내일을 믿지 않는 미친년 오네

까맣게 새까맣게 잊혀진 미친년

이미 사망신고 마친 미친년

두 눈에 쌍불 켠 미친년 오네

철철철 피 흐르는 미친년

아무것도 무섭잖은 맨발의 미친년

아무것도 걸리잖는 미친년 오네

〈누가 당하나〉

사지에 미친 기운 불끈불끈 솟아

한 손에 횃불 들고

한 손에 조선낫 들고

수천 마리 유령들과 앞서거니 뒤서거니

허접쓰레기들 휘이휘이 불사르러

허수아비 잡풀들 싹둑싹둑 자르러

오 무서운 미친년

위험스런 미친년 달려 오네

(여엉자야, 수운자야…… 미친년 온다

문단속 해라…… 이럴 땐 ××이 제일이니라)

「프라하의 봄 8」, 고정희

오월은 찬란하다. 그러나 그렇게 말하고 말기엔 오월은 너무나 아름답다. 오월 나무들은 제각각 제 색채 안에서 부드럽고 당당하다. 오월 나무 잎사귀들을 바라보면 이 세상에는 부족한 것이 아무것도 없다고, 저렇게 완벽한 아름다움이 있는 한 생은 그 자체로 완성된 것이라고, 삶은 무의미하지 않을 것이라고, 벅찬 가슴으로 중얼거리게 된다. 저 연두의 사랑스런 향연. 진연두, 흐린 연두, 조금 노란 연두, 조금 초록 연두, 흰 빛이 도는 연두, 회색 빛이 도는 연두, 마구 빛나는 연두, 조금 빛이 꺼진 연두. 나는 오월 나뭇잎들을 보면 마음이 아프다. 이제 얼마나 더 저것들을 바라볼 수 있는 날이 남아 있는 것일까. 나는 연두 잎사귀들에게 "너희들만이 나의 진정한 연인"이라고 말한다. 내 사랑은 완벽하다. 오월 나뭇잎들은 자신의 연약함 안에서, 아직 무엇이 될지 알 수 없는 스스로에 대한 앎의 유예 안에서 고요하고 쓸쓸하다. 그것은 아직 뿌리도 아니고 잎도 아니다. 줄기는 더더욱 아니다. 그것들은 뿌리와 줄기와 잎사귀 어디쯤에선가 망설이고 있다. 그것들은 겸손하게 자신에게 몰두한다. 그 말은 그것들이 자신이 아닌 것을 향해 자신을 활짝 열어 둔 채로 몰두한다는 뜻이다.

연두 잎사귀들이 작게 말하는 소리를 듣는다.

"내가 나인 것은 하나도 중요하지 않아. 그건 일종의 미망迷妄 같은 거야. 다만 나는 간절하게 원해. 나는 뿌리와 줄기와 하늘로부터 진실의 액을 받아들여서 가능한 한 존재가 허용하는 진실에 가까운 색채를 가지고 싶어. 봐, 벌써 나는 성숙했어. 나는 내가 옅은 연두색인 것이 좋아. 울지 마, 역사가 내 색채를 완성할 거야."

그런데 어느 나라의 오월은 가장 잔혹하다. 어

느 나라의 오월은 피투성이이다. 총소리가 들렸다. 개새끼들이 왔다. 그들이 오월 잎사귀들을 향해 총을 쏴 대는 걸 보았다. 그들은…… 단지…… 진실 가까이 있고 싶어 했을 뿐인데, 단지 그뿐이었는데……. 희대의 기회주의자이며 권력욕의 추악한 화신 박정희의 뒤를 이은, 박정희보다 더한 개새끼들이 탱크를 몰고 들이닥쳐 그들을 찢어 죽였다. 연두 잎사귀들은 푹푹 찢어져 땅 밑에 묻혔다. 그리고 수십 년의 세월이 흘렀다. 잎사귀들은 아직도 바람결에 떨고 있는 것처럼 보인다. 잎사귀들은 자신의 의미가 세월의 바람에 실려 완성되기는커녕, 집요한 술수에 의해 훼손되어 간다는 것을 아는 것일까. 그러나 사실 나는 마음속 깊은 곳에서는 별로 걱정하지 않는다. 잎사귀들이 우리를 향해 말하는 것이 아니라 더 큰 하늘을 향해 말한다는 것을 알고 있으므로…… 우리의 한없는 비참, 진실의 결여를 그들은 알지 못하므로…… 그들은 별이므로…… 역사 안에서 역사를 끌고 역사 바깥으로 나간 자유로운 별들이므로…….

고정희의 「오매, 미친년 오네」는 어미의 가슴으로 오월의 광주를 껴안는다. 그녀는 스스로 진혼굿을 벌이는 무당이 되어 얻어맞고 찔리고 으깨어진 오월 연두 잎사귀들을 껴안고 분노한다. 역사의 대지에서 몸을 들어올려 역사를 지나 하늘로 가던 착한 영혼들이 단지 진실에 대한 열망 때문에 무자비하게 으깨어졌던 그 자리에 그들과 함께 있다. 그러나 이 무당이 얼마나 힘찬가 보라.

광주의 민중은 〈미친년〉이다. 스스로의 내면에서 힘차게 움터 오른 진실의 열망을 자신이 파괴되는 것마저 감당하는 강한 의지로까지 끌어올린, 비상한 열정의 영웅들. 그들이 〈미친놈〉이 아니라 〈미친년〉인 이유는 탱크를 밀고 들이닥쳐 대검을 휘두른 세력이 결국 힘에 기반한 남성적 세계의 경영 방식을 대리하는 자들이었기 때문이다. 오월 광주는 잔혹한 남성적 힘의 행사에 맨몸으로 마주선 비권력자들, 상징적 여성이었기 때문이다. 그들은 〈미친년〉, 세상을 편히 사는 데에만 관심을 가진 자들의 세계관으로 보면 비정상적인 인간이다. 지금도 광주를 폄하하는 배짱 좋은 어떤 정신들은 광주를 여전히 〈미친년〉으로 생각하고 있다.

〈미친년〉은 세계에 등록되지 못한 가치, 성공을 확신할 수 없는 가치, 다만 역사를 읽어 얻은 내적 확신에 기대어 민중의 내면에서 불타는 각성으로 솟아오른 가치, 자신의 정당성밖에는 믿을 것이 아무것도 없는 가치, 현실에 안주하는 자들이 보기에는 위험하기 짝이 없는 가치, 그것에 투신했다가는 망할 것이 뻔한 가치, 그것을 위해 기어이 일어선 "쓸개 콩팥 빼놓은" 어리석은 순둥이들에게 주어지는 정체성의 표지이다. 그녀는 산발하고 있다. 왜냐하면 그녀가 처해 있던 상황은 일종의 공동체의 전적인 자기 반성을 요청하는 상황이기 때문이다. 박정희 체제의 타락에 대해 공동체 전체가 공동 범죄자였다. 우리는 비겁하여 지킬 것을 지키지 못했다. 그녀는 공동체의 전적인 반성을 요구한다. 이스라엘의 제사장들이 공동체의 타락을 슬퍼하며 머리에 재를 뿌리며 옷을 찢으며 통곡했듯이 오월의 〈미친년〉은 머리를 풀어헤치고, 우리가 잘 다듬어 놓았다고 야무지게 착각하고 있는 관성적 무비판의 더께를 확 뜯어낸다. 역사 밑에 억울한 귀신들을 잘 파묻어 두었으니 안전하다고? 억울한 귀신들은 돌아올 수가 없다고? 가짜를 섬기는 것을 제 존재 증명으로 삼는 힘센 언론들이 막강하게 버티고 서서 가짜 상징들을 마구 생산해서 성공적으로 등재시켰으니 상관없다고? 이승만이 김구를 잡아먹고, 박정희가 장준하를 잡아먹어도 공동체는 입다물고 있으니 상관없다고? 유신의 잔혹함이, 광주를 으깬 야만이 반대하는 자들을 모두 처리했으므로, 말 안 듣는 놈은 끌어다가 양계장 닭 모이 분쇄기에 넣어 깨끗하게 갈아 버렸으므로 안전하다고? 광주는 "아니다"라고 말했다. 그리고 함께 머리를 풀고 통곡하라고 말했다. 그렇게 했기 때문에 맞아 죽었다.

히, 히, 하느님께 삿대질하며
하늘의 동맥에다 칼을 꽂는 미친년
내일을 믿지 않는 미친년 오네

하느님조차 오월에게는 순응의 대상이 아니었다. 그가 독재자의 잔혹함을 말없이 지켜보는 〈숨은 신〉이라면 말이다. 광주는 열망의 힘으로 일체의 순응 논리에 저항한다. 그 순응 논리에는 보수적인 종교 교리도 들어있다. 광주는 하느님에게 대고 막바로 요구한다. 내 천부의 권리를 내놔라. 당신이 내가 인간으로 태어날 때 준 바로 그 권리를 말이다. 그녀는 사악한 권력자에게 정당성을 부여하는 일체의 이데올로기가 〈착한 여자〉로 분류하는 덕목을 거부하기로 결의한 것이다. 만일 그 이데올로기를 추인한 것이 하느님이라면, 하느님조차 그녀에게는 거부의 대상이 된다. 권력자들은 〈내일〉이라는 이루어지지 않는 약속을 남발해 왔다. 내일은 자유롭게 해 주겠노라고. 내일은 자유로운 날이 올 것이므로, 지금은 빵을 조금 더 줄 테니 그만 주둥이를 닥치라고. 그것이 박정희가 18년 내내 울궈 먹은 교시였다. 광주는, 오늘, 내가 일어서지 않으면 그 천박한 거짓말을 영원히 부술 수 없을 것이라고 생각했던 것이다. 이미 너

무나 오래 속았던 것이다. 거짓은 나의 빵이 아니
다. 그 빵이 맛있다면 너나 실컷 먹어라.

까맣게 새까맣게 잊혀진 미친년

이미 사망신고 마친 미친년

두 눈에 쌍불 켠 미친년 오네

철철철 피 흐르는 미친년

아무것도 무섭잖은 맨발의 미친년

아무것도 걸리잖는 미친년 오네

이미 두려움은 저만치 달아났다. 광주의 기록을
눈여겨보면, 우리는 이 위대한 민중의 항쟁이 역
사상 세계 어디에서도 찾아보기 힘든 완벽한 코뮌
을 형성했다는 것을 알 수 있다. 그곳에는 도둑도
약탈자도 없었다. 지배 세력에게 빌붙는 배반자도
없었다. 그들은 완벽한 소통 안에서 고통의 경험
을 순도 높은 공동체의 일체감의 경험으로 승화시
켜 내었다. 광주 전체가 그 며칠간 역사의 부름 앞
에서 전적으로 하나였다.

계엄군을 향해 항쟁을 선언했던 자들은 이미 "사망 신고"를 마친 자들, 이미 "잊혀진" 자들인지도 모른다. 그들은 이미 죽음을 각오했다. 그들은 이기적인 신체라는, DNA의 불특정한 일시적 결합 상태라는 유기체를 유지시키려는 열망을 포기한다. 연두색 나뭇잎들은 공동체의 자기 발현 안에 자신의 모든 것을 맡긴다. 봐, 나는 너야, 네가 나이듯이. 그러나 우리는 얼마나 동시에 여전히 너이며 나인가. 그들은 존재이며 동시에 비존재였다. 그리고 역사가 그들의 몸을 조용히 관통했다. 그들은 아무것도 무섭지 않았다. 죽여라, 개새끼들아, 죽일 수 있거든. 〈미친년〉은, 가진 것 없는 〈맨발의 미친년〉은 〈아무것도 걸릴〉 것이 없었다.

　　그러나 보라, 마지막 연의 이 당당한 언명을.

〈누가 당하나〉

사지에 미친 기운 불끈불끈 솟아

한 손에 횃불 들고

한 손에 조선낫 들고

수천 마리 유령들과 앞서거니 뒤서거니

허접쓰레기들 휘이휘이 불사르러

허수아비 잡풀들 싹둑싹둑 자르러

오 무서운 미친년

위험스런 미친년 달려 오네

(여영자야, 수운자야…… 미친년 온다

문단속 해라…… 이럴 땐 ××이 제일이니라)

흥, "누가 당하나". 그렇다, 광주는 "당하지" 않
았다. 계엄군들이 〈미친년〉들을 찔러 죽이고 찢어
죽이고 패 죽였어도, 광주는 정말로는 "당하지 않
았다". 이제 그들이 정사正史가 된다. 박정희와 전
두환이 야사野史가 될 것이다. 그들의 잔혹한 탄압
은 광주를 죽이지 못했다. 광주의 맨몸의 열정이
탱크를 이긴 것이다. 영혼마저 죽일 수 있는 독재
자는 없다. 그들이 지배하는 것은 단지 주체의 일
시적 기반인 육체뿐이다.

연두 잎사귀들은 고요하다. 피는 이미 역사의

대지에 스며들어 공동체를 살찌우는 거름이 되었다. 나는 연두 잎사귀들에게 손을 뻗친다. 내 무력함을 용서해 다오. 누군가 와서 연두 잎사귀들을 완성할 것이다. 그때까지는 아직까지 이 땅을 떠도는 모욕의 말들을 참아 내어야 한다. 예쁜 연두 잎사귀들, 내 연인들, 그대들의 아름다움을 오래 바라본다. 언젠가 나도 그대들에게 갈 것이다.

노혜경의 『캣츠아이』
—안으로 가기 위해 밖으로 나가기

여행은 사유의 계기를 만들어 준다. 그것이 비즈니스나 학술적 목적, 아니면 실용적 목적을 위한 여행이 아니라 진짜 여행, 문득, 삶이 우리에게 부여한 모든 조건으로부터 일시적으로라도, 잠깐이라도 멀리 떨어지기 위한 장소 이동이라면 더더욱 그렇다. 왜냐하면 우리가 진짜 여행을 할 때, 우리는 우리의 삶을 그것에게 덧붙여진 모든 외적 장치들로부터 떼어 내어 어떤 지극히 헐벗은 보편적 조건에게로 데려가기 때문이다. 우리는 여행지에서 묻는다. 이런저런 곳에 이러저러하게 존재했던 나는 누구일까? 나를 구성하는 모든 것은 내가 원했던 것인가. 나는 그 이러저러한 내가 아닌 다른 누구일 수는 없었을까? 텅 빈 하늘 아래에서라면, 나를 나이게 하는 모든 것들은 여전히 의미를 가질 수 있는 것일까? 생은 뒤로 성큼 물러나고 그 자리에 생이 들어선다. 아니다, 정확하게 말하면 생에 대한 사유가 들어선다.

따라서 진짜 여행은 바깥으로 가면서 동시에 안으로 가는 행위이다. 그것이 일상적 장소로부터 떠난다는 의미에서는 바깥으로 가는 것이고, 그것이 진정으로 삶의 내적 조건으로의 귀환을 시도한다는 점에서는 안으로 가는 행위이다.

정말로 집으로 돌아가기 위해서는 집 밖으로 가야 한다는 것을 당신은 이해할 것이다. 여행지에서는 그러므로 밖으로 나가면서 안으로 돌아가는 책을 읽는 것이 알맞은 선택일 수 있다. 나는 노혜경의 『캣츠아이』를 들고 떠난다. 이 뛰어난 시집은 한 깊은 영혼이 소란스러운 21세기의 온갖 욕망의 기호들을 뚫고 자신의 내면에서 길어 낸 아름다운 원초적 이미지들로 가득하다. 노혜경은 무수히 떠난다. 그러므로 그녀가 이 시집의 제목을 원래 '집을 나섰으므로'라고 붙이고 싶었다는 것은 아주 당연한 것이다. 그런데 짐작하다시피, 그 〈떠남〉은 〈귀환〉을 위해서였다. 내 집이면서 동시에 내 집이 아닌 집, 장소이면서 비장소인 곳. 근원인가 하면 궁극인 곳. 노혜경의 놀라운 표현을 빌리면, 마음속에서 생각하자마자 모든 공정이 대번에 끝나버리는, 완성태로서 태어나는 집. 명확한 지적 통제력으로 편집되어 있는 이 시집의 제2부 「엄마와의 전쟁」 편(1부 「기억의 봉합」이 내면적 제의의 준비 단계라면, 본격적 제의는 2부 「엄마와의 전쟁」에서 시작된다. 따라서 2부가 제의 국면에서는 1장인 셈이다) 0장에 배치된 시에 따르면, 엄마가 갑자기 찢은 심장에서 "진짜 포도주들이 매끄러운 완제품 포도주병이 툭툭 쏟아지고", 들판에는 "말씀"이 "포도주 공장"을 세운다. 시인은 그 집으로 가기 위해 자신의 "집을 나섰으므로", 따라서 이 시는 0장에 배치되는 것이 마땅하다. 그 집은 현실 속에서는 아직 비현시태이므로 0장이다. 그것은 존재 이전이거나 존재 이후이므로.

이 시집은 아름답지만 동시에 고통스러운 시집이다. 왜냐하면 이 지독한 내면 여행을 따라가다 보면, 우리의 무의식 심층에 억눌러 두었던 모든 것들이 모조리 머리를 풀고 우우 일어나는 것을 감당해야 하기 때문이다. 게다가 시인은 겁도 없이 멀리멀리 간다. 그러나 고통 없는 깨달음은 없다. 13세기 독일 시인 고트프리트 폰 슈트라스부르크Gottfried von Strassburg가 『트리스탄과 이졸데』를 쓰면서 "고결한 마음"이라고 불렀던 마음은 무엇보다 "고통스러운 기쁨"을 이해하는 마음이었다. 그의 로망스는 생의 모든 것, 기쁨뿐만이 아니라 슬픔을, 생명만이 아니라 죽음을, 낮만이 아니라 밤을, 생을 이루는 모든 찢김과 모순을 주체의 권위를 걸고 한꺼번에 이해하려는 강한 독립적 근대적 주체의 등장을 예고하는 글쓰기였다. 조지프 캠벨Joseph Campbell은 그의 놀라운 저서 『신의 가면』에서 이 독일 작가를 르네상스에 앞선 르네

상스적 인간으로 소개한다. 교회가 제공하는 안정적인 형이상학의 울타리 안에 머물지 않고 자신의 눈과 감각을 통해 이해한 세계의 모든 것을 감당하는 주체적 개인.

노혜경은 고트프리트가 멀리 가리켜 보인 세계의 건너편에, 근대의 강 건너에 와 있다. 세계는 어느덧 한 바퀴를 돌아 근대적 주체와 전혀 다른 주체가 다시 필요해진 시대에 도달해 있다. 노혜경의 시들은 이 점에 관하여 대단히 강렬한 시사점들을 제공한다. 그녀의 시들은 인류가 이미 원시의 숲으로의 귀환을 시작했음을 보여준다. 그녀의 시에 등장하는 무수한 원시적 이미지들은 시대의 복판을 진실한 내적 영감을 지닌 채 실천적으로 통과한 자가 시대의 맥락 아래에 숨겨져 있는 깊은 곳에서 다시 발견한 어머니, 대지 여신의 영감이다. 그 이미지들은 근대가 체계적으로 억압했던 여성적 혼을 증언하는 놀라운 정신적 화석들이다. 그것을 찾아내기 위해 이 뛰어난 상상력의 소유자는 겁도 없이 먼지가 켜켜이 쌓여 있는 무의

식의 깊은 지하실로 내려가고 또 내려간다. 아리
아드네의 실 같은 건 처음부터 없다. 여행을 위임
할 영웅도 없다. 모든 것을 스스로 해야만 한다.
그래서 시인은 중간중간 겁을 먹고 멈칫거린다.
그녀를 따라가는 독자들도 멈칫거리게 된다. 그러
나 시인은 두려움이 바로 계단이라고 말한다.

두려운가요?
당신의 두려움을 먹고 깊어져서
한없이 깊어져서 지하실의 계단으로 변하지요.
머리를 세차게 흔들어봐요, 아니야 라고 외쳐요,
기억은 공포에 잠식되지 않는다고 말해요,
깊의 맛을,
느껴요.

노혜경, 「술잔이 있는 아홉 개의 창문」

이 깊으로 지어진 〈중세〉의 음습한 〈유령 같은
집〉은 그것을 바라보며 느끼는 공포를 갈망의 힘
으로 내면화시키는 순간, 홀연히 이름다운 성으

로 변한다. 그 집에는 아름다운 황금 술잔이 놓여 있는 아홉 개의 찬란한 에메랄드 창문이 달려 있다. 그 집은 당신이 바깥으로 떠난 안으로 가는 여행에서 충분히 용감하고 충분히 성실하기만 했다면, 이제 살 수 있는 집이 된다. 고통은 이제 쓸데없는 것이 아니라 안으로부터 자신을 응결시켜 둥근 표면 위에 날카롭고 부드러운 빛으로 터져나오는 〈캣츠아이〉의 존재 조건이 된다. 펠릭스 쿨파 Felix Culpa, 복된 죄. 이 이미지의 형성 과정을 따라가는 독서는 하나의 부드럽고 게으른 제의와 같다. 어쨌든 정해진 시간에 제의를 끝내지 않는다고 야단칠 사제는 이제 존재하지 않으니까. 나는 천천히 게으르게 읽다 말다 하면서 노혜경을 읽었다. 그런다고 내적 긴박감은 결코 떨어지지 않는다. 생 안에서 현실적 인간으로 살아가면서 내면세계로 오락가락하는 일은 충분히 가능하다. 어쩌면 그 능력은 근대인들이 지니지 못했던, 탈근대의 멀티적 인간들의 고유한 능력인지도 모른다.

꽃의 여자의 반란
—켈트 신화에 나타난 여성적 섹슈얼리티

여성의 섹슈얼리티에 대한 남성들의 저주는 보편적 현상이다. 하지만 구석기 말–신석기 초기로 거슬러 올라가면 여성의 섹슈얼리티에 대한 전혀 다른 해석이 존재했던 것을 알 수 있다. 그 시대는 인간의 기억에서 아득히 떨어져 있다. 그러나 고고학 자료들을 보면 인류는 본래 여성의 관능을 경멸하지 않았고, 청동기 문명까지는 여성의 성적 특질을 대변하는 여신들이 세계 전역에서 공경의 대상이 되었음을 알 수 있다.

그에 비해 정신적 화석이라고 볼 수 있는 신화

안에는 인류의 원형 심상들이 드러난다. 신화 역시 그것이 형성된 시대의 지배적인 이데올로기를 반영하기 때문에, 그 겉모양은 당연히 인류를 지배해 온 가부장제 이데올로기를 드러내고 있다. 아울러 신화는 개인을 집단에 통합시키려는 목적으로 개발된 집단적 고대의 감성 체계를 반영하므로, 그 사회적 용도 또한 뚜렷하다. 그러나 오래도록 보존된 원형 심상의 흔적은 여전히 남아 있어 이를 찾아보는 작업은 매우 흥미진진하다.

조지프 캠벨에 따르면 신화적 이미지는 오래전에 인류의 신경 중추에 각인된 이미지 자극이어서 쉽사리 변하지 않는다고 한다. 여성의 신화적 이미지 또한 여간해서는 변하지 않는 요소이다. 그렇게 지독한 억압을 당하면서도 여성의 이미지는 끈질기게 살아남았다. 여성에 관한 신화들 위에 덧붙여진 가부장제 이데올로기의 더께를 걷어 내면, 그 아래에서 여전히 숨 쉬고 있는 당당한 고대 여신들을 만날 수 있다. 여기서 유럽인들의 잊혀진 조상 격인 켈트인의 신화를 소개하려고 한다.

켈트 여성

켈트인은 로마가 유럽을 통합하기 이전 유럽 대륙 전반에 걸쳐 살았던 종족으로, 현대 유럽인들의 잊혀진 조상이기도 하다. 켈트 여성 전사들의 존재는 역사적으로 잘 알려져 있다. 그리스-로마의 고전 작가들은 이 여성 전사들을 찬탄의 시선으로 묘사한다. 그녀들은 남성 못지않게 용감했으며, 엄청난 전투력의 소유자였다.

인도유럽어족 일파인 켈트족은 중앙아시아에서 발원해 에게해를 거쳐 스페인 북부와 갈리아 지방(현재의 프랑스 지역), 브리튼 섬과 아일랜드, 알프스 일대로 퍼진 것으로 보인다. 이들 신화의 가장 큰 특징은 여신 숭배 전통이다. 그 흔적은 중세 초기까지 거슬러 올라가 켈트 법전 안에 기록으로 남아 있는데, 그 외양은 분명히 가부장제를 택하고 있으나 내용면(재산권, 결혼 등)에서는 여성을 상당히 배려하고 있으며 여성의 섹슈얼리티에 대한 저주는 아예 존재하지 않았던 것을 알 수 있다.

오히려 신화 속 여성들은 성관계에서 남성보다

우월한 위치에서 주도권을 행사한다. 이는 특히
당당한 여신들의 모습으로 드러나며, 켈트족의 원
조인 '투아하 데 다난'족이라는 이름 자체가 이 종
족의 여신 숭배 성향을 확실히 드러낸다. 투아하
데 다난은 "다누 여신의 부족"이라는 뜻이다.

켈트 여신들의 모습은 그리스-로마 여신들이
나 기독교에 나타나는 여성의 모습과 전혀 다르
다. 그녀들은 중요한 역할을 수행하며, 성관계에
서도 주도권을 행사하며 남성을 선택한다. 아일랜
드 신화에는 여성이 마음에 드는 남성을 납치하는
이야기들이 등장한다. 그녀들은 성적 욕망도 숨기
지 않았다. 아일랜드의 유명한 신화적 여왕인 메
브는 결혼 조건으로 자신이 다른 남성과 관계를
맺어도 "질투하지 말 것"을 내걸기도 한다.

특히 아일랜드에 많이 남아 있는 켈트 문화의
독자성은 기독교가 널리 전파된 이후에도 견고하
게 유지된다. 아일랜드 교회는 로마 가톨릭과 무
척 다른 성향을 유지해 왔고, 중세에도 여성을 성
례 집전에 참가시켜 로마의 비난을 받기도 했다.

아일랜드에는 심지어 고대의 불안하고 섹시한 여성 상징 시르-나-기그가 아직도 교회 벽에 남아 있다.

아더왕과 성배를 둘러싼 신화들은 켈트족의 기질을 가장 인상적으로 보여 주는 인류학적 참조물이다. 이 신화는 겉모양만 기독교일 뿐 그 내용은 켈트적이다. 기독교와 가부장제가 어떻게 원시 심상을 왜곡시켜 왔는지, 그럼에도 불구하고 어떻게 완전히 왜곡시키지 못했는지 확인할 수 있어서 그 연구는 더욱 흥미롭다.

꽃의 여자의 반란

켈트 신화 중 하나를 분석해 여성의 섹슈얼리티에 가부장제가 퍼부은 저주의 양상을 살펴보도록 하자. 이 글에서는 여성들이 당당한 모습으로 등장하는 기독교화 이전의 켈트 신화가 아니라 기독교화 이후 그 원형이 훼손되어 몰락한 여신의 모습이 드러난 텍스트를 일부러 선택했다. 여성적 섹슈얼리티의 왜곡된 양상을 살펴보는 데 후자가 시사하는 바가 더 클 것 같다는 생각이 들었기 때문이다. 우선 줄거리를 소개한다.

마트는 그위네드의 왕인데, 전쟁이 발발하여 군대를 이끌고 출정해야 할 때를 제외하면 두 발을 젊은 처녀의 품에 넣고 있어야 했다. 그렇게 하지 않으면 생명을 유지할 수 없었다. 마트는 외조카 거플렛과 그의 형제 고바논, 그위디온, 아름다운 누이 아리안로드를 길렀다. 아리안로드는 '은으로 된 원盤'이라는 뜻이었다. 마트는 재능이 뛰어난 마법사로, 그 재능은 그위디온에게 전수되었다. 그런데 거플렛이 마트가 품에 발을 넣고 있어야 하는 처녀를 사랑하게 되는 바람에 처녀는 처녀성을 잃게 되었다.

마트가 새로운 처녀를 물색하자 그위디온은 누이 아리안로드를 천거한다. 아리안로드가 오자 마트는 그녀의 처녀성을 확인하려고 마법 지팡이를 둥글게 구부린 다음 그 위로 지나가 보라고 한다. 아리안로드가 마법의 막대기 위로 한 걸음 내딛자 그녀의 몸에서 튼튼한 사내아이 하나가 빠져나왔다.

아리안로드는 "은으로 된 원"이라는 이름이 뜻하는 것처럼 고대의 달의 여신이다. 따라서 그녀는 본질적으로 '처녀'다. 여기서의 '처녀'란 남성과 성관계를 맺지 않은 여성이 아니라 '남성에게 종속되지 않은 여성'이라는 뜻이다. 여신은 '처녀'일 수밖에 없다. 그녀는 특정한 남성에 매여 있지 않은 만물의 어머니며 아내이며 연인이기 때문이다.

여기서 주목할 사실은 마트가 풍요의 능력을 유지하기 위해 처녀의 품에 발을 넣고 있어야 한다는 점이다. 이 괴상한 관습은 켈트 사회에서 실제 존재했던 것으로, 이 관습의 성적 암시는 분명하다(발과 신발의 관계는 성적인 것이다. 신데렐라와 콩쥐의 잃어버린 신발도 마찬가지). 그것은 공동체 남성 수장의 권력이 여성으로부터 나온다는 것을 암시한다. 여신은 이미 주도권을 빼앗겼지만 권력의 토대는 여전히 여신이다.

그위디온은 아리안로드를 마트에게 '처녀'로 천거한다. 그가 아리안로드의 친오빠라는 사실을 염두에 두면, 그가 아리안로드의 상황을 몰랐을 리 없다. 아리안로드 또한 자신이 '처녀'라고 확신한다. 그 개념은 마트의 가부장 지팡이가 찾는 '처녀성'과 상충한다. 아리안로드는 아기를 떨어뜨린다 (아기는 저절로 빠져나온다. 여신은 저절로 생명을 발생시키는 존재이므로).

아리안로드는 자기가 지어 주기 전에는 아이가 이름을 가질 수 없다는 마법을 건다. ……그위디온은 구두장이로 변장하고 아리안로드의 성문 앞에 판을 벌인다. 아리안로드가 시종을 시켜 구두를 주문했지만, 한 번은 너무 작게 한 번은 너무 크게 만들어 보낸다. 아리안로드가 직접 내려오자 맞는 신발을 만들어 준다. 그때 굴뚝새 한 마리가 갑판을 스치듯이 날아 돛대 위로 올라가고, 아이가 돌을 던져 새 발의 뼈와 신경 사이를 맞춘다. 그걸 보고 아리안로드가 웃으면서 "꼬마가 확실한 손으로 새를 잡았다"고 말한다. 그 말을 듣자 그위디온은 아리안로드가 아이에게 이름을 주었다며, 이제부터 아이를 '라이 라우 구페스(확실한 손의 꼬마)'라는 이름으로 부르겠다고 한다. 그 말이 떨어지기 무섭게 마법은 사라지고 아리안로드는 속았음을 알게 된다. 그러자 이번에는 자기 손으로 갑옷을 입혀 주기 전에는 아이가 갑옷을 얻을 수 없다는 마법을 건다. 라이는 잘 성장했지만 말도 무기도 없어서 늘 우울했다. 하루는 그위디온이 변신하고 아이도 변신시켜 아리안로드의 성을 찾아가 유숙한다. 적이 쳐들어온 것처럼 위장한 다음 도움을 주겠다는 핑계로 갑옷을 얻어 입는다. 아리안로드는 젊은이에게 갑옷을 입혀 준다. 그 순간 마법이 풀리고 아리안로드는 다시 오라버니에게 속았음을 알게 된다. 분노한 아리안로드는 결정적인 저주, 즉 아이는 이 땅에 살고 있는 어떤 종족의 여자도 아내로 맞이할 수 없도록 하는 마법을 건다. 하지만 그위디온은 마트와 상의한 후 떡갈나무 꽃, 금작화, 흰꽃조팝나무 등으로 세상에서 가장 아름다운 여자를 만들고 블로다이웨드(꽃에서 태어난 여자)라는 이름을 지어 라이와 결혼시킨다.

그위디온은 라이에게 이름을 지어 주기 위해 아리안로드를 속이고 구두장이로 변신한다(여전히 성적 상징성을 지닌다). 그리고 아리안로드에게 꼭 맞는 신발을 만들어 주는 순간(즉 여신과 합일하는 순간), 여신의 명명에 의해서 아들은 '확실한 손의 라이'라는 이름을 얻는다. 그 이름은 라이가 따르게 될 남성 원리를 상징한다.

아리안로드는 자기 아들을 거부한다. 그러나 실은 아들을 빼앗겼다고 보는 게 맞다. 이제 인류는 여신의 아들, 어머니의 아들이 아니라 남신의 아들, 아버지의 아들이기 때문이다. 여신에게서 권위를 뺏은 가부장 신화는 이제 그녀를 '나쁜 여자'로 만들어, 그녀는 아들을 낳고도 돌보지 않는 나쁜 어미로 전락한다.

그럼에도 불구하고 라이가 그의 이름에 이어 무사의 정체성 역시 어머니에게서 얻을 수밖에 없다는 점은 몹시 흥미롭다. 켈트 신화에는 여신 또는 뛰어난 여성과의 관계로 인해 비로소 무사의 자격을 인정받는 영웅의 이야기가 많다. 전사는 육친의 부모를 떠나 일종의 여전사 공동체(중세기 신화에서는 마녀 공동체로 나온다)에서 훈련을 받아야 완전한 무사로 입문할 수 있었다. 그 의식에는 모종의 섹슈얼리티 입문도 포함되어 있었던 것으로 보인다.

마지막으로 "인간 여자를 아내로 얻을 수 없을 것"이라는 마법에 주목해야 한다. 그것은 라이가 인간 마법사인 그위디온이 아니라 초자연적 존재인 여신 아리안로드의 혈통이라는 것을 암시한다. 결국 라이에게는 초자연적 존재인 "꽃-여자"가 아내로 주어진다.

라이가 성을 비운 날, 사냥개와 사냥꾼들에게 쫓겨 지친 사슴 한 마리가 나타났다. 그 뒤로 '힘센 그론'과 말을 하지 않는 그의 사람들이 한 무리 따라왔다. 그론을 보자 블로다이웨드는 기이하고 이상한 감정을 느낀다. 그론 역시 같은 감정을 느껴 두 사람은 정신없이 사랑에 빠진다. 그날 저녁 두 사람은 이상한 정념에 충실했고 미친 듯이 사랑을 나누었다. 그리고 라이를 없앨 궁리를 시작한다.

블로다이웨드는 남편을 죽일 방법을 알아내 그론에게 알려 준다. 그론의 창을 맞은 라이는 새로 변하더니 날카로운 비명을 지르며 하늘을 향해 날아올랐다. 이 소식을 듣고 상심한 그위디온은 라이를 찾아 떠나는 길에 머문 어느 농부 집에서 이상한 암퇘지를 본다. 암퇘지를 따라 '라이의 골짜기'를 거슬러 올라가 보니 암퇘지는 썩은 살과 구더기를 먹고 있었다. 그위디온이 시를 지어 부르자 마법이 풀려 라이가 살아나고, 그는 군대를 일으켜 그론을 치러 간다. 그론은 라이의 창을 맞고 죽는다. 한편 블로다이웨드는 50명의 시녀와 도망쳤는데, 겁에 질린 시녀들은 모두 물에 빠져 죽고 그위디온은 블로다이웨드를 밤에만 나와 돌아다니는 올빼미로 변신시킨다. 블로다이웨드는 슬피 울다 어둠 속으로 사라졌다.

여기서 남편을 죽이고 간부姦夫와 놀아난 블로다이웨드가 실은 몰락한 고대 여신이라는 것을 암시하는 장치가 여기저기 흩어져 있다. 그녀는 본디 '꽃으로부터 태어난 여자'여서 '스스로 있을' 뿐만 아니라 죽은 다음에도 확실하게 살아나는 식물적 생명의 특질을 가진 존재, 스스로 태어나 스스로 죽고 스스로 재생하는 존재다. 그위디온과 마트의 개입은 그 생명력을 제도적으로 탈취한 가부장 종교 사제의 입장을 반영한다. 그녀는 암퇘지이기도 한데, 이는 켈트 신화에서 여신을 상징하는 동물이다. 가부장제의 등장으로 흉측한 괴물로 몰락하지만 고대 신화에서 암퇘지는 신성한 동물이었다. 또한 그녀를 따라 다니는 50명이라는 여사제의 숫자도 그녀가 원래 여신이었음을 나타낸다. 5 또는 5의 배수는 고대 여신과 연관되어 있는 숫자이다.

꽃의 여자는 남편이 억지로 주어졌기 때문에 반란을 일으킨다. 그녀는 그론을 보자마자 사랑에 빠지는데, 그론은 '사슴'을 잡은 '힘센' 존재다. 켈트 신화 전반에 걸쳐 사슴을 사냥하는 무사의 이야기는 무수히 많다. 사슴은 여신의 궁극적 권력을 상징하며, '사슴'을 잡은 무사가 최고의 무사가 되는 것은 여신에게서 권력을 부여받았다는 사실을 암시한다. 그에 비해 잔인한 남편 살해는 가부장제 원리에 항의하는 몸짓을 가부장적으로 왜곡한 것으로 해석할 수 있다.

라이의 살해는 고대 사회의 국왕 살해로도 읽힌다. 고대 사회는 공동체를 갱신시키기 위해 정기적으로 국왕을 살해하는 관습이 있었다. 여신은 불멸하지만 남성은 필멸의 존재이므로, 여신은 주기적으로 짝인 인간 왕을 갈아 치워야 했다. 그것은 공동체의 주기적 재생을 위해 필요한 조치였다. 라이의 죽음은 바로 그 국왕 살해를 떠올리게 한다.

그위디온이 아리안로드의 권력은 찬탈했지만 블로다이웨드의 '이름'은 빼앗지 못했다는 점은 대단히 암시하는 바가 크다. 그녀는 여전히 그녀 자신으로 남아 있다. 비록 외양은 흉한 올빼미로 변했지만 그위디온은 그녀가 그녀 자신으로 남는 것을 막을 수 없었던 것이다.

세계 전역의 신화는 오랜 기간의 체계적이고 지독한 억압에도 불구하고 가부장제가 여신을 완전히 죽이지 못했다는 것을 증명하고 있다. 여신은 세계 전역에서 부활하고 있다. 그위디온은 이미 그것을 알았던 것일까? 그래서 그녀를 '새'로, 자유롭게 비상하는 존재로 변신시킨 것일까? '새'는 본래 고대 여신의 상징적 동반자였다. 모든 여신은 새를 데리고 다닌다. 게다가 블로다이웨드에서 변신한 올빼미는 흥미롭게도 지혜의 여신 미네르바의 새, 금지된 지식의 보유자이다. 그 모순을 그 위디온은 이미 짐작했을까? 그가 배반한, 그러나 그의 내적 존재가 알고 있는 여신에 대한 직관으로?

2부

조그만
하느님들

신은 존재하는가?

신은 존재하는가? 무슨 상관인가? 인간의 지성으로는 신의 존재 여부를 알 수 없다. 존재한다고 믿는 자도 허공에, 존재하지 않는다고 믿는 자도 허공에 떠 있다. 신은 존재 여부를 규정할 수 없기 때문에 신이다. 따라서 신에게는 이름이 없다. 신은 철수도 영이도 아니다. 그는 아무도 아니다.

본느프와의 아름다운 수필집 『저 너머의 나라 L'Arrière-Pays』의 내레이터는 눈이 하얗게 내린 어느 날에 참석한 세미나에서 들뜬 목소리로 신에 대한 〈거의quasi〉 예감에 대해 발표한다. 세미나가 끝난 뒤, 밖으로 나왔을 때, 어떤 낯선 이 l'étranger(본느프와의 작품에 자주 등장한다. 이 존재를 그노시스주의자들의 신 미지의 존재l'Inconnu와 비교하는 학자들도 있다)가 그의 곁으로 다가와 말을 건다. "발표 잘 들었습니다." "누구십니까?" "제 이름은 Nobody입니다."

Nobody! 어쩌면 그 낯선 이는 "저는 뭐, 이름 없는 사람이죠"라고 말한 것에 불과한지도 모른다. 그러나 이 단어는 얼마나 매혹적으로 울리는가!

나는 신의 존재 증명 여부에 매달리지 않는다. 지금 인간 수준의 지성으로는, 그가 비록 아인슈타인이라 하더라도 신의 존재 여부를 증명할 수 없다. 나는 다만 나의 이 덧없는 '있음il y a'(벨기에의 철학자 레비나스는 아무리 영웅적인 자살로도, 아무리 효과적인 현상학적 환원으로도 이 il y a는 없앨 수 없다고 말한다. 그 구절을 읽었을 때, 천둥으로 얻어맞은 것 같았다. 그 이후로 나는 자살에 관해 생각하기를 포기했다) 이 의미 있는 것이기를, 특이한 근대사를 가진 대한민국이라는 나라에서 부패하고 무능한 권력자들에게 휘둘려온 내 생이 무의미한 것이 아니기를 바랄 뿐이다. 이건 파스칼적인 '투기'는 아니다. 파스칼은 신의 존재에 관심을 가졌지만, 나는 아니다. 나는 인간의 실존에 훨씬 더 관심이 많다.

새해, 모두 날아오르시기를. 이 비통한 나라에서 시대를 끊임없이 읽으며 자신의 실존을 갈무리해 온 위대한 촛불인 우리에게는 그럴 권리가 있다.

침묵의 세계

현대인에게는 돌아가야 할 고향이 없다. 아니, 있다. 지리적 고향은 없을지라도 더 크고 더 깊고 그윽한 고향이 있다. 침묵이라는 신성한 고향. 막스 피카르Max Picard는 도시의 번잡함 안에서 침묵이라는 고향으로의 귀향을 꿈꾼다. 그 꿈꾸기는 행복한 꿈꾸기는 아니다. 그러나 치열하고 근원적인 꿈꾸기. 대한민국이라는 진실이 실종된 사회, 거짓이 진실의 탈을 쓰고 나대는 사회에서 그 꿈꾸기는 더욱 애절하게 느껴진다.

막스 피카르가 그 지적이고 단아한, 궁극적으

로는 종교적 감성을 지닌 글쓰기 안에서 얘기하는 침묵은 〈말없음〉이 아니다. 〈없는 말〉로서의 침묵은 오히려 악마적이며 동물적이다. 인간은 여전히 말을 하기 때문에 인간이다. 그가 말하는 침묵은 말과 함께 있는 침묵이다. 말을 진실하게 만들어 주는 침묵. 모든 말을 그 탄생의 근원으로 데려다 주는 침묵. 말이 침묵과 함께 있지 않을 때, 그 말은 혼자 태어났다가 혼자 스러진다.

피카르는 인간의 지평에서 만나게 되는 침묵의 리스트를 제시한다. 얼굴, 사랑, 농부, 시, 동물, 그리고 기도. 피카르가 동물의 침묵을 말하며, "동물은 인간을 위해 물건들만이 아니라 침묵을 지고 다녔다"라고 말할 때, 나는 내 안의 침묵이 큰 소리로 통곡하는 소리를 듣는다. 말 없는 것들의 깊은 말하기, 그 존재만으로 우리를 신에게 데려다 주는 카라반들.

인간은 생에게 간절하게 다가갈 때 침묵에 실려 있는 말을 할 수 있다. 피카르는 그것이 기도라고 말한다. "기도는 말들을 침묵 속으로 쏟아붓는다."

피카르에게 진정한 말은 침묵 속으로 연장되는 말이다. 고요 속에서 우리를 근원에 통합시켜 주는 말.

깊은 침묵이 우리 안에 있다. 다만 이 생은 너무 번잡하여 우리가 그것을 잊고 있을 뿐. 돌아갈 침묵이 있으므로 우리는 불행 안에서 생의 번잡함을 견딘다. 꾹꾹 견딘다.

아버지의 '피양'

오래전에 돌아가신 내 아버지는 평양이 고향이었다. 평양이 얼마나 그리우셨는지, 아버지는 나를 붙잡고 종종 이렇게 말씀하시고는 했다.

"정란아, 피양(평양의 평안도식 발음)이 얼마나 됴은지 말이야, 병아리도 죽을 때 '피양, 피양'하고 죽는다는 거이야."

"아이고 아버지……."

"뎡말이야."

평양이 뭐 그렇게 대단히 아름다운 곳이겠는가.

다만 아버지의 상상력 안에서, 가 볼 수 없는 당신의 고향이 못내 그리워 부풀려지고 이상화되었을 것이다. 나는 아버지의 눈물을 이해했다.

아버지는 대단히 명민한 분이셨다. 어린 시절부터 신동 소리를 들으셨다고 한다. 아버지의 칼처럼 날카로운 지성을 늘 흠모했었다. 그러던 아버지가 말년에 중풍에 걸리셔서 완전히 아무것도 모르는 상태가 되셨다. 평소의 아버지와 병에 걸리신 아버지의 대조는 내게 깊은 충격을 주었다. 아버지는 모든 것을 다 놓아 버리셨다. 어머니를 제외한 그 누구도 알아보지 못하셨다. 그런데 그런 아버지가 '피양'을 기억하고 계셨다. 누워 계신 아버지 곁에 다가가면, 마치 낯선 사람이 무섭다는 듯이 이불을 코끝까지 끌어올리신다. 그리고는 딸을 향해 겁에 질린 표정으로 "누구세요?"라고 물으신다. 그리고는 조금 두려움이 사라지면, 이불을 조금 아래로 끌어내리시면서 물으신다.

"요기가 어데야요? '피양'이디요?"

오, 아버지…… 가엾은 아버지…….

모든 것을 다 내다버리시고도 악착같이 붙잡고 계셨던 '피양'에 대한 애절한 그리움. 나는 그 그리움의 깊이를 인식적으로는 이해했지만, 그 감정의 깊이에 이를 수는 없었다.

아버지 돌아가시고 몇 년 후엔가, 문화일보에서 그때 문화일보에 칼럼을 쓰는 칼럼니스트들에게 '금강산 관광'을 시켜 준다고 했다. 나는 흔쾌히 가겠다고 했다. 좋은 기회 아닌가. 그런데 출발일이 다가올수록 무엇인가 마음을 무겁게 짓누르기 시작했다. 나는 '관광'이라는 단어가 나를 괴롭히고 있다는 것을 결국 알아차렸다. 아버지가 그토록 그리워하셨던 곳, 모든 것을 다 놓아 버리시고도 마음속에서 빼내지 못하셨던 당신의 가 보지 못한 고향이 있는 곳. 당신이 그토록 전 존재를 걸고 그리워하셨던 곳. 나는 그곳에 '관광'하러 갈 수 없었다. 결국 출발 하루 전에 백배 사과하고 여행을 취소했다.

그리고 나는 지금까지 '금강산 관광'을 해 본 적이 없다. 그나마도 지금은 폐쇄되어 버려 가고 싶어도 갈 수 없게 되었지만.

아버지, 그리운 아버지. 역사의 아픈 매듭 같은
내 아버지.

길이 뚫리면 당신 대신 다녀올게요. 이제 당신
만큼 늙은 딸이 울며 그날을 기다립니다.

내가 죽기 전에 그렇게 될지 알지 못하는 채로.
아버지, 내 자부심이며 나의 상처이신 분. 한국인
이 되는 일의 자랑스러움과 고통을 동시에 알려
주신 분. 그러나 한국인임을 피하지 않으렵니다.
운명이 또는 신이 나를 이 땅에 있게 하신 이유가
있겠지요.

오월의 보석 나무, 들······

무인도에 가서 살 수밖에 없게 된다면 무엇무엇을 가지고 가겠다, 하고 얘기하기도 한다. 그것 없이는 살 수 없는 무엇. 생의 최종적인 의미를 생성시키는 무엇. 고립의 상황을 견딜 수 있게 해 주는 무엇. 나에게 그런 질문이 던져진다면, 주저 없이 대답할 것이다. "오월 나뭇잎들"이라고. 무인도에도 나무가 있지 않느냐고? 그때 무인도란 어떤 지리적 공간에 대한 개념은 아니다. 그것은 〈생의 극단적 상황〉의 알레고리일 터이니까.

오월이 처음 시작될 때, 나는 우정 심술을 부린

다. 나는 입을 빼물고 마음의 문을 닫아건다. 아무래도 이 계절은 늙은 나랑은 맞지 않아. 나는 지난 해와는 달리 너를 사랑하지 않을 거야. 나에게는 가을이나 초봄이 어울려. 그 정도가 늙은 내가 감당할 만한, 이미 기울어 버린 아름다움이야. 그러나 어쩔 수 없다. 정작 오월이 시작되고 나뭇잎들이 보석처럼 반짝이기 시작하고, 바람이 햇살을 타고 대지의 향기를 실어 나르기 시작하면, 나는 다시 가슴 설레는 연인이 된다.

오월의 아름다움은 특히 나뭇잎들의 아름다움이다. 오월에 나뭇잎들은 절대적 아름다움을 획득한다. 그것은 봄의 나뭇잎들처럼 겨우 비형태를 벗어난 흐릿한 형태의 연약함을 가지고 있지 않다. 봄 나뭇잎들은 자신의 연약함을 무기로 세계를 향해 어리광을 부린다. 나한테 잘해 줘야 해, 안 그러면 안 클 거야. 장난감 안 사 주면 학교 안 가. 그러나 오월 나뭇잎들은 이미 완벽한 형태를 가지고 있다. 그것은 이미 자기가 누구인지를 안다. 그러나 그것들의 색깔은 유월만 되면 벌써 뻔

뻔해지는 짙은 초록이 아니다. 유월 나뭇잎들은 너무나 잘난 척한다. 그 나뭇잎들은 자신의 아름다움을 지나치게 잘 알고 타인의 시선을 인식하는 어떤 미인들 같다. 유월 나뭇잎들은 자신의 아름다움에 취해 있다.

오월의 초록은 연두색에 더 가깝다. 하지만, 그 옅은 초록색은 아직 온전한 색깔을 가지지 못해서 하늘이라는 화선지를 배경으로 언제나 번져 나와 흐릿해져 버릴 준비를 하고 있는 봄의 연두색과는 다르다. 그것은 이미 초록색 쪽으로 단단하게 고정되어 있다. 그러나 그 색깔은 얼마나 미묘하게 흔들리는가. 얼마나 미묘하고 겸손하게 당당한가.

나는 오월 나뭇잎들이 너무나 여러 가지 색채를 가지고 있기 때문에 더욱더 사랑한다. 그 연두-초록은 수천 가지의 자기 버전을 만들어 낸다. 유월이 되어, 벌써 어떤 짙은 초록의 전체주의 안으로 밀려 들어가기 전에, 그것들은 너무나 자유롭게 자기 자신이다. 오월 나뭇잎들은 존재의 바탕이 자유라는 것을 생각하게 한다. 나는 내가 원하는 방식으로 내가 될 권리를 가지고 있다.

그러나 눈 좋은 당신은 벌써 알아챘으리라. 오월 나뭇잎들이 제각각의 자유로운 연두색을 지니고 있으면서도 어떻게 숲의 전체와 기막힌 조화를 유지하는지. 그것들은 중뿔나게 잘난 체하지 않는다. 자신의 자율 안에서 마음껏 자기다움을 펼치지만, 그것들은 숲의 조화 안에 고요하게 통합되어 있다. 색채뿐이 아니다, 키들도 가지런하다. 마치 서로 약속이라도 한 듯이. 멀리서 바라보면 산등성이는 마치 재주 좋은 미용사가 방금 잘 다듬어 놓은 동그스름한 상고머리처럼 보인다.

오월 나뭇잎들은 세상에서 가장 아름다운 보석들이다. 그것은 혼자서 잘난 체하는 아름다움이 아니라 함께, 겸손하게 어울려 있는 아름다움이다. 그것은 반드시 "나무"라는 개별적 주체 뒤에 쉼표를 찍고, "들"이라는 복수 접미사를 붙여 불러야 하는 아름다움이다. 나무들은 혼자이면서 동시에 여럿이기 때문이다. 그리고 "들" 뒤에는 말없음표를 붙여야 한다. 왜냐하면 이 아름다운 보석 나뭇잎들은 언젠가 시들어 떨어질 것이고, 그리고 다시 새로운 존재들을 그 죽음의 자리에 불러올 것이기 때문이다. 오월 나뭇잎을 통해 이해한 생은 닫혀 있지 않다. 그것은 어딘가를 향해 한없이 열려 있다.

성지聖地는 없었다

9일 동안 이스라엘 성지 순례를 다녀왔다. 시국이 이처럼 어지러운데 성지 순례는 무슨…… 이라는 생각도 들었지만 오래전에 계획했던 일이라 미안함을 무릅쓰고 그냥 강행했다. 다녀와 놓고 보니 너무 무리한 여정을 선택했던 것 같다. 일반 여행사에서 조직하는 그룹이 인원 부족으로 구성되지 않아서 하는 수 없이 기독교 성지 순례 전문 여행사에서 조직한 그룹을 따라갔는데, 여정 자체가 너무 빡빡해서 꽤 고생했다. 호기심이 많은 나와는 잘 맞지 않는 여정이었던 것 같다. 헉헉거리며 가이드를 따라다녀야 했으니까.

한번은 나자렛 성모 수태 고지 성당에서 일행을 놓쳐 미아가 될 뻔하기도 했고, 평소에 운동이라고는 좀체 하지 않는 운동 신경 제로인 몸을 끌고 따라다니다가 두 번이나 넘어지기도 하고……. 이 "찍고 찍고" 돌아다니는 여정은 어느 날 하루는 무려 여덟 군데를 "찍었다"! 심지어는 두바이-요르단-이스라엘 북부-남부-서부-중부를 겨우 8일 만에 주파했다. 이 순례의 정점이라고 할 수 있는 예루살렘의 예수 고난의 길via dolorosa, 예수가 십자가를 지고 골고다 언덕까지 끌려가신 그 고통의 길을 겨우 반나절 만에 주파하는 종교적 감수성이라니! 맙소사! 그런데도 일행 13인 중에 목사님이 4분이나 포함된 일행은 한마디 항의도 없었다. 나도 넘어지면서 자빠지면서 그냥 따라다녔다. 언젠가 다시 와야지, 라고 생각하면서.

베데스다 연못(예수께서 38년 된 중풍 환자를 고쳐 주셨다는 곳) 옆에 잘린 올리브 나무 가지가 잔뜩 쌓여 있길래 주워서 소중하게 들고 나왔다. 지

다가던 프랑스 여성 관광객 한 사람이 "그건 뭐하려고 가져가니?"라고 물었다. "예수님 계시던 곳에서 자란 거잖아"라고 대답했다. 그랬더니 독실한 가톨릭 신자로 보이는 그 여성이 "그건 아무 의미도 없어. 신부님이 축성해 주셔야 의미가 생겨"라고 말했다. 나는 "축복은 내 신앙 그 자체야. 신부님이 축복해 주시는 게 무슨 상관이야?"라고 대답했다. 그러자 "교회 밖에는 구원이 없다extra ecclesiam nulla salus"라는 신조를 굳게 믿는 듯한 그 여성은 어깨를 으쓱하고 가 버렸다.

그런데 연못 옆에 지어진 성당에 들어가니, 마침 미사를 끝내고 나오시는 신부님이 보였다. 그분 앞으로 다가가 "저는 동양의 아주 먼 나라에서 왔습니다. 이 올리브 나무 가지를 축성해 주실 수 있습니까?"라고 물었더니, 의외로 선선히 응해 주시는 것이 아닌가. 나를 성수반 앞으로 데려가신 뒤, 성수반에서 물을 찍으신 다음, 내가 들고 있던 올리브 나무 가지에 물을 뿌리시며 "성부와 성자와 성령"의 이름으로 축성해 주셨다.

출국할 때 걸리면 어쩌지, 하고 걱정했는데, 이축성된 올리브 나무 가지는 그 까다롭다는 이스라엘 출국 심사를 무사히 통과했다. 뿌리를 내려 보려고 물에 담가 두었다. 뿌리가 내리면 길러 보려고 한다.

여러 가지로 힘든 여행이었지만 생각은 많았다. 아주, 아주 많았다. 기쁨도 슬픔도, 그리고 깊고 깊고 아픈 생각도. 앞으로 찬찬히 정리해 보려고 한다.

가는 곳마다 한국인 순례객들 천지였다. 한국인들이 얼마나 많이 오는지, 유럽의 유명 관광지에서도 좀처럼 찾아보기 힘든 한국어 브로슈어들이 이스라엘 남쪽 끝 브엘세바(아브라함의 최초 이스라엘 정착지)에마저 비치되어 있었고, 여러 군데의 카페에 한국어로 "석류쥬스"라는 입간판이 세워져 있었고, 상인들은 "안녕하세요", "싸요, 5달라" 등의 한국어를 쓰고 있었다. 가는 곳의 호텔마다 한국인 그룹이 두서넛씩 투숙하고 있었고, 호텔 식당에는 한국 사람들만 와글와글했다. 자리를 찾기 힘들 정도로 붐비는 예루살렘의 호텔 식당에는 한국인 그룹이 열 개 이상은 되는 것 같았다.

이것은 무엇을 의미하는 것일까? 이 기이한 현상을 어떻게 설명해야 할까? 아직은 잘 모르겠다. 정말 잘 모르겠다. 일행 중 한 목사님은 "이재용 불구속이 정의"라고 말했다. 공연히 시끄러워질 것 같아 "그렇게 생각하시는군요, 알겠습니다"라고 말하고 입을 다물었지만(마침 의미심장하게도, 상징적이게도 베드로가 예수를 세 번 부정했다는 장소에 세워진 성당 앞의 카페에서), 고통스러운 질문은 내 마음을 괴롭혔다. 한국인들의 이 예수 열기는 무엇을 의미하는 것일까? 이 많은 한국인들은 왜 이곳까지 예수를 찾아오는 것일까? 예수는 이들에게 누구일까? 기득권과 싸우다가 십자가형까지 당한 이 위대한 인물 또는 신을(내게는 예수가 인간이든 신이든 아무 상관도 없지만) 그들 중 어떤 이들은 왜 타락한 기득권을 옹호하는 일에 앞세우는 것일까? 생각은 깊고 고통스러웠다.

성지聖地는 없었다. 관광지만이 있었을 뿐이다.

예수는 그저 하나의 관광 상품에 불과한 것처럼 보였다.

나는 겟세마네 동산에서 예수가 꿇어앉아 마지막 기도를 했다는, 그가 온몸을 뒤흔들며 쥐어짜는 고통의 예감에 두려움으로 떨며 "아버지, 가능하면 이 잔을 내게서 멀리 치워 주소서"라고 애끓게 기도했다는 그 바위를 오랫동안 흠모했었다. 성서는 예수가 고통의 예감에 "피눈물을 흘렸다"라고 기록하고 있다. 그 동산과 그 바위는 오랫동안 나의 신앙의 한 압도적인 이미지로 남아 있었다. 겟세마네 동산과 그 바위는 나에게 하나의 열쇠―이미지 같은 것이었다. 예수는 왜 그 예상되는 잔혹한 운명으로부터 도망치지 않았을까? 그 기도는 신이 아니라 오히려 실존주의자의 처절한 기도처럼 들린다. 성서 기술자는 왜 예수의 그 고독과 공포의 경험을 신자들에게 전달해야 한다고 느꼈던 것일까?

성서는 예수가 기도를 마치고 동산에서 나와, 잠들어 있는 제자들을 보고 꾸짖었다고 전하고 있다. "한 시간도 깨어 기도할 수 없느냐?"

그런데 그 바위가 정말로, 실제로, 드디어, 내 눈앞에 있었다!

나는 줄지어 선 관광객들과 함께 그 바위를 향해 문자 그대로 "떠밀려 갔다". 그리고 그렇게 하지 못하면, 평생 후회할 것 같아서, 그 앞에 잠깐 꿇어앉아 바위를 어루만졌다. 기어이 눈물이 터져 나왔다. 나는 잠깐 바위 위에 뺨을 대고 울었다. 그러나 오래 그렇게 머물 수는 없었다. 내 뒤로 관광객들이 줄줄이 서 있었기 때문이다.

그러나 거대한 관광 단지가 된 예루살렘 안에도 빛의 조각들은 있었다. 그 빛이 내 영혼 안으로 아프게 막바로 치고 들어왔다. 어떤 철학도 어떤 예술도 어떤 이념도 거치지 않고 막바로, 잔혹하게, 곧장, 날카로운 창처럼. 나는 그것을 받아 안았다. 나의 눈물은 흘러내리지 않는다. 그것은 흘러내리는 눈물이 아니라 치솟고 찌르는 눈물이다. 그것은 각성이며 이성을 이끌고 가는 가시 달린 빛이다. 달리다쿰.

'고맙습니다'와
'감사합니다'

'고맙습니다'는 순우리말이고 '감사합니다'는 한 자어 감사感謝에 우리말 어미 '합니다'를 붙인 표현 입니다.

그런데 '고맙습니다'는 정말 아득한 옛날까지, 우리 민족의 기원에까지 올라가는 우아한 말입니 다.

언어학자 장호완에 따르면 '고맙다'는 '고마하 다=고마답다=고마와 같다'라는 의미라고 합니다. '고마'는 '곰', 우리 조상이신 단군의 어머니 '곰'(웅 녀)을 의미합니다. 알타이어 전문가로 유명한 람

스테트의 공식에 따르면 알타이어는 개모음에서 폐모음으로 이행하는 경향이 있다고 합니다. 어머니→엄마→고마→곰 식으로요. 그런데 민족의 기원에 있는 '곰'(웅녀)이라는 존재는 단순히 힘센 동물이 아니라 매우 거룩한 존재로 여겨졌지요.

이러한 사실은 비단 우리나라뿐 아니라 북방계 문화를 가진 거의 모든 종족에게서 나타납니다. 핀란드(핀란드는 북유럽에 속하지만, 스웨덴, 노르웨이, 덴마크와 달리 아시아 기원입니다. 언어가 우랄어에서 기원했지요)의 곰 문화는 특히 인상적입니다. 이 나라에는 곰에서 따온 지명이 무려 70만 개에 달한다고 합니다. 그들에게 곰은 너무나 신성한 존재여서 그 이름을 함부로 불러서는 안됩니다. 그래서 곰을 부르는 애칭이 발달되어 있는데 무려 200여 개에 달한다고 합니다. "꿀의 발", "숲의 왕", "숲 사람", "암소를 먹는 자", "잡목림의 야수", "나의 미남", "나의 아름다운 모피", "나의 애인" 등. 아름다운 핀란드 민족 서사시 『칼레발라』에서도 곰 오트소는 '넓은 이마'라고 불립니다.

우리나라에서도 곰의 이름을 함부로 부르지 않는 기휘忌諱 습관이 일부 남아 있습니다. 북쪽 지방에서는 곰을 '너페이', '너페' 등으로 부르는데, 이는 퉁구스어로 곰을 의미하는 '레푸' 또는 '러푸'의 음운 변화가 분명하다고 합니다.

그렇게 '곰'이라는 단어에는 신성함의 표지가 찍혀 있었던 것이지요. 우리의 고대에 '곰/검'은 신성함의 대명사로 여겨졌습니다. 우월한 표지를 가진 모든 것은 '곰/검'의 흔적을 가지고 있습니다. 임금의 '금'에도 '곰'의 큰 발자국이 찍혀 있으며, 고대 일본은 고대의 선진국이었던 고구려를 '고마국'이라고 불렀습니다. 홋카이도의 아이누족은 지금도 곰과 신을 동시에 '가무이kamui'라고 부르며, 신을 의미하는 일본어의 '가미kami'도 우리 말의 '곰'과 같은 어원을 가지고 있습니다.

곰이 "신성함"이라는 의미를 가지고 있다는 증거는 조선시대 서적에서까지도 보입니다. 『신증유합』(16세기)은 "고마는 경건하게 예배할 대상"이라고 말하면서 "고마 敬, 고마 虔, 고마 欽"라고 해

설하고 있습니다. 『석보상절』(15세기)에 따르면 '고
ᄆᆞ하다'는 '높이다, 공경하다'라는 뜻이며, 『소학언
해』(16세기)에 따르면 '존귀하다'라는 뜻입니다.

그런데 장호완은 '고마'를 '엄마'의 어원으로 봅
니다. 알타이어의 특징 중에 'ㄱ탈락'이 발견되는
데, 그 공식에 따르면 고마의 'ㄱ'이 탈락되어 '엄
마'가 되었을 것이라는 추정이 가능하다는 것이지
요. 결국 고마=곰은 우리의 아득한 어머니이신 곰
여신 웅녀를 나타내는 이름일 수 있다는 것입니
다. 장호완에 따르면 현대어 '고맙다'는 바로 고대
의 곰 어머니=신성함의 흔적이 남아 있는 말이라
고 합니다. 고맙다=고마ᄒᆞ다=고마답다=고마와
같다, 즉 당신이 나에게 베풀어 주신 은혜가 고마
어머니 신의 은혜와 같다. 무척 우아한 단어입니
다. 게다가 이 말은 우리를 우리가 까맣게 잊어버
린 먼 곰 여신의 동굴에까지 데리고 가는군요.

오늘은 제가 64세 먹은 생일날입니다. 많은 분
들이 축하의 말을 전해 주셨습니다. 신통치 않은
생이나마 동시대의 여러분들과 함께하고 있는 것

이 행복합니다. 하늘이 또는 운명이 또는 역사가
이 시대에 나라는 신통찮은 존재를 이 땅에 던져
놓은 이유가 있겠지요. 무엇을 하든 그 소명을 찾
아 치열하게 그리고 정직하게 살겠습니다. 곰 어
머니의 등에 업혀 인사를 전합니다.

　고맙습니다. 깊이. 눈물의 끝에 서서 인사 올립
니다. 빛을 좇는 이들이여 강건하소서.

별들의 먼지

얼마 전에 학교에서 여교수 모임이 있었다. 젊은 여교수와 나이 많은 여교수가 섞여 있지만, 그녀들의 모임은 남교수들의 모임과는 그 성격이 많이 다르다. 권위를 앞세워 점잔 빼는 사람은 아무도 없다. 그녀들은 스스럼없이 웃고 재잘댄다. 남성들 사이의 견장 문화가 여성들 사이에는 없다. 여자들은 여자들끼리 모일 때, 〈여자〉라는 특별한 공통 경험을 매개로 관념이라는 생의 울타리를 쉽게 허물어 버린다. 그녀들은 생의 가장 직접적 요건인 육체와 함께 있다.

아마도 그래서였을 것이다. 모두들 돌아가면서 한마디씩 하는데, 교수들의 입에서는 한결같이 갱년기의 힘겨움에 대한 이야기들이 터져 나왔다. 갱년기를 힘들게 통과한 사람, 지금 통과하고 있는 사람, 그리고 앞으로 닥치게 될 것을 두려워하는 사람 등. 우리는 평소 가족들에게도 남성 동료들에게도 하지 못했던 그런 이야기들을 털어놓으면서 깔깔대고 웃었다. 맞아, 그래, 그러게 말야, 어머나 어쩌면 나만 그런 게 아니네, 난 나 혼자 그런 줄 알고 혼자 끙끙댔지, 이렇게 떠들어 대니까 속이 다 후련하네, 등등.

그렇게 한참 떠들다가 우리는 젊은 여교수가 던진 한 방에 모두 나가떨어져 버리고 말았다. 4-5년 새 모일 때마다 한결같이 그 얘기가 나왔었다는 것이다. 아, 그랬었구나. 미처 생각지 못했었는데, 이런. 나이 많은 여교수들은 당황해서 어쩔 줄을 몰랐다. 늙어 가는 육체라니, 아니, 늙어 가느라고 법석을 떠는 육체라니.

늙어 가는 일은 남녀 모두에게 힘든 일이다. 물

론 그렇다. 그러나 자연의 흐름에 남성들보다 훨씬 더 가까이 다가가 있는 여성들의 경우, 육체가 이제 자연으로의 귀환을 준비하는 나이가 될 때, 그것이 종사해 왔던 생명의 생성이란 몫, 즉 다시 말하면 개체 생성의 몫으로부터 어떤 보편적인 사라짐의 몫으로 옮겨 가는 일은 유난히 힘든 것처럼 느껴진다. 그것은 육체의 자연적 나이가 부과하는 변화의 명령을 남성들보다 훨씬 더 민감하게, 그리고 직접적으로 느끼는 것 같다. 그녀의 육체는 그 자체로 생명의 매체였던 것이다.

여성의 육체는 자신을 생명 모드로부터 죽음 모드로 바꾸느라고 법석을 떤다. 육체의 각 부분에 포진해 있던 생명 생성에 관한 모든 생물학적 요소들은 육체 전체의 모드와 맞지 않는 모드를 유지하고, 육체는 그 불균형으로 심하게 몸살을 앓는다. 그것은 자신이 오랫동안 유지해 왔던 생명 모드를 버리지 않으려 한다. 그것은 시간의 명령에 격하게 반발한다.

그러나 우리는 그날 일부러 그런 철학적인 이야

기는 하지 않았다. 그날 갑자기 젊은 여교수의 지적으로, 우리가 주책을 부렸나, 하는 자책이 들지 않은 것은 아니었지만, 그러나 우리는 어떤 철학적 사색보다도 더 무겁고 더 진지한 어떤 것을 느끼고 있었다. 인간은 홀로 태어나지만 죽어 갈 때는 함께라는 것. 우리는 순결한 무지 안에서 홀로 세상에 빛나게 던져졌지만, 빛이 꺼질 때 우리는 깊은 지혜 안에서 공통의 운명을 살아 낸다는 것. 그리하여 드디어 그 공통의 〈앎〉을 지니고 우리를 생성해 낸 〈별들의 먼지〉에게로 돌아간다는 것. 나는 그날 쓸쓸하지 않았다. 인간은 태어날 때 홀로, 외롭게, 나의 의지와 아무 상관도 없이 생의 공간 안으로 던져지지만, 죽을 때는 생에 대한 일정한 〈앎〉을 지니고 자신이 한 알갱이 별들의 먼지인 것을 아는 채로 공통의 비공간으로 돌아간다. 내 안에서 말들이 별들처럼 스러졌다. 그것들이 내는 소리는 맑고 차갑고 투명했다.

근원의 빛

많은 시간이 흘러 지나갔다. 물처럼, 공기처럼, 햇살처럼. 그렇다, 햇살처럼. 한반도라고 하는 세계의 한 장소에서 태어난 뒤, 나도 모르는 사이에 어느덧 획, 한 줄기 햇살처럼 많은 시간이 지나갔다. 누군가 나에게서 단 한 마디 말을 남기고 모두 빼앗아 가겠다고 결정한다면, 나는 망설이지 않고 "빛"을 내게 허용될 마지막 말로 선택할 것이다. 빛, 근원, 나로 하여금 존재하게 하는 전부. 처음이며 마지막. 고요 속에서 내 영혼을 비추는, 억만 년 멀고 먼 근원에서 온 우주의 여행자.

내가 살고 있는 이 땅은 지금 어둡다. 칠흑처럼 어둡다. 끈적이는 늪. 어디에도 빛은 보이지 않는다. 빛을 찾는 사람들은 고통 속에서 숨을 죽이고 있다. 거짓이 창궐한다. 어둠이 빛으로 가장하고 짐짓 고상한 체 위선의 얼굴을 판다. 말들은 썩었다. 말들은 진실을 전하지 않는다. 진실을 구하는 자들은 잔인하게 사냥당한다. 사람들은 가짜 신화에 목매고 있다. 거짓이 진실을 죽이는 세상. 빛은 어디에도 없다. 나는 깊이, 깊이 절망한다. 내 영혼은 코카서스 바위에 매달려 제우스의 독수리에게 간을 쪼아 먹히던 프로메테우스처럼 신음한다.

그러나 고통스러워하는 것은 외면의 나이다. 내면의 나는 꿈쩍도 하지 않는다. 세계의 지배자들은 그 내면의 나에 관해 속수무책이다. 그것은 절대의 경험 안에 조용히 머물러 있다. 그것은 벌써 오래전에 영혼의 황금을 보았다. 육체의 눈을 뽑아낸들 그 황금을 빼앗을 수는 없다. 내 기억은 내면의 어느 마을에서 온다. 존재하기도 하고 존재하지 않기도 하는 마을. 빛이 사방에서 쏟아져 들어온다.

그 일은 초등학교 고학년 무렵에 일어났던 것 같다. 정확하지는 않다. 그러나 그 기억이 예배 시간 도중에 선생님들이 갑자기 어떤 당황한 표정의 여자아이를 데리고 나가고, 그 아이가 앉았던 마룻바닥을 황급히 닦았던 기억과 이어져 있는 것을 보면 그 무렵이었던 것 같다. 그 여자아이가 준비 없이 초경을 당한 소녀였다는 것을 나는 아주 한참 뒤에야 알게 되었다. 그게 무슨 일인지 당시에는 전혀 감을 잡지 못했던 것을 보면 중학교 때 일은 아닌 것 같다. 그 두 기억이 나란히 이어져 있는 것은 분명히 나중에 빛과 육체의 이원론에 관한 철학적 인식이 내 안에 싹튼 뒤에 인위적으로 이루어진 철학적 세팅이다. 두 사건은 삼청동의 어떤 교회라는 같은 장소를 배경으로 떠오르지만, 같은 날 있었던 사건으로 기억되지는 않는다.

몇 개의 이미지가 선명하게 기억에 남아 있다. 제일 먼저 설핏한 오후 햇살이 떠오른다. 2시? 3시? 창이 열려 있었던 것으로 기억되는 것을 보면 여름 성경 학교 때였을까? 모르겠다. 햇살이 교회 마룻바닥 위에 어른거리고 있었다. 그리고 그날 들었던 목사님의 설교. 설교 내용이 무엇이었는지는 전혀 기억나지 않는다. 그날 목사님이 인용했던 성경 구절만이 분명하게 떠오를 뿐이다.

모세가 호렙 산에 올라가 신을 만나는 장면. 모세는 불붙은 가시덤불을 보았다. 불은 활활 피어올랐지만, 가시덤불은 타지 않았다. 불은 혼자 타고 있었다. 놀란 모세에게 신은 "이곳은 거룩한 땅이니 신발을 벗으라"고 명령한다. 모세는 신발을 벗는다. 그리고 묻는다. "당신은 누구십니까?" 불이 대답한다. "나는 스스로 있는 자로다."

어린 나의 영혼을 후려친 것은 "나는 스스로 있는 자"라고 하는 말이었다. 그 말은 마치 마법처럼 내 영혼을 뚫고 들어왔다. 이 구절의 번역에 대해서는 성서학자들 간에 이견이 많은 것으로 알려져 있다. 서구어 번역을 둘러싸고도 판본이 여럿이다. 그 판본들 중 어떤 것이 더욱 타당한 것인지 나는 지금도 잘 모른다. 솔직하게 말하면 별 관심이 없다. 다만 나는 내가 들었던 그 판본의 번역으로 내 삶이 완전히 결정되어 버렸다는 것만을 기억할 뿐이다. 내가 들었던 구절은 분명히 "나는 스스로 있는 자"라는 것이었다. 그 말이 내 영혼에 화살처럼 꽂혔다. 가시덤불을 태우지 않고 타는 불이나 신발을 벗은 모세의 이미지가 준 인상은 그 말 옆으로 치워졌다. 나는 그 절대적인 "말"에 매혹되었다.

"스스로 있다"니, 그게 무슨 말일까? 아주 나중에 어른이 되어서야 그것이 이른바 "자기완결적 존재L'Être en Soi"라는 의미라는 것을 알게 되었지만, 초등학교 꼬마에게 그 말은 순수 신비 그 자체였다. "스스로 있다"는 개념이 나는 아버지와 어머니의 딸이며, 초등학교 학생이며, 한국 사람이며, 기타 등등 나를 구성하는 여러 요건들과 연관 없이 존재하는 절대적 존재 양태를 의미한다는 것도 그 꼬마가 눈치조차 챘을 리 없다. 다만 나는 그 말이 내 어린 영혼을 마치 번개처럼 뒤흔들어 놓았다는 것을 기억할 뿐이다. 나는 그 "말"을 따라

어쩔 수 없이 시인의 운명 속으로 걸어 들어왔고, 이해 불가능한 괴상한 언어를 만들어 내는 난해한, 그리고 대중과 소통하지 못하는 불행한 시인이 되었다. "말"이 진실을 전하지 못하는 이 사회 안에서 고통스러워하는 나는 아직도 그 교회 안에 오도카니 앉아 그 절대의 말 앞에 눈을 휘둥그레 뜨고 있다.

그 말은 내 영혼 안에서 오늘도 고요히 떠오른다. 창밖에서 쏟아지는 눈부신 가을 햇살도 그 말 주위에 황금빛 가루를 뿌린다. 현실 안에서 불행한 나는 아직도 그 내면의 교회 마룻바닥에 앉아 있는 행복한 작은 여자아이다. 늙은 내가 그 여자아이의 머리를 쓰다듬어 준다. 나는 그 말에 관해 아직까지도 별로 많이 알지 못한다. 나는 아이에게 "미안하다"라고 말한다. 아이는 눈물 가득 찬 눈으로 나를 바라본다. 그러고는 조그만 소리로 말한다. "괜찮아. 그건 네 탓이 아냐. 인간의 힘으로는 온전히 알 수 없는 말이니까. 하지만 그 말을 향해 오래 열심히 걸었잖아. 그걸로 된 거야." "그래, 아가, 그렇게 생각하자"라고 늙은 내가 대답한다. 연구실 밖에 쏟아지는 가을 햇살이 맑고 투명하다.

끊겨 버린 색종이 길

엄마하고는 사이가 별로 좋지 않았다. 엄마는 늘 나에게 소통이 불가능한 무서운 엄마로 남아 있었다. 나이 마흔이 넘어서야 나는 겨우 나의 내면에서 엄마와 화해했다. 여자가 된다는 것, 여자로 산다는 것의 의미를 나는 그렇게 늦게야 겨우 깨달았다. 오랫동안 억압되어 있었던 내면의 엄마는 무서운 속도로 되돌아왔다. 그러나 바깥에 있는 현실의 엄마와는 그 후에도 늘 거리가 있었다. 진정으로 엄마를 이해하게 되기는 했지만, 엄마는 이미 내가 감당하기에는 너무 먼 어떤 세계에 간혀 계셨다. 자신의 불행을 매 순간 확인하고 점점 더 세상으로 가는 문을 닫아 버린…… 마치 상처만이 생의 유일한 흔적인 것처럼, 그것을 붙잡고 매 순 간 파내고 또 파내는…… 엄마의 불행은 내가 어찌해 볼 수 없는 근원으로부터 시작된 것이었다. 분단국이라는 특수한 한국의 역사적 상황이 만들어 낸 엄마의 불행의 근원. 나는 그 불행의 이유, 깊이, 특성, 의미까지 다 이해했다. 그러나 감당하기는 힘들었다.

엄마가 늘 그랬던 것은 아니다. 젊은 시절의 엄마는 부드럽고 아름다웠다. 엄마가 언제부터 무서운 사람이 되었는지는 기억나지 않는다. 틀림없이 내 잘못도 있다. 아마도 내 잘못이 더 많았을 것이다. 나는 엄마에게서 늘 도망쳤다. 몇 번 엄마를 괴롭히는 근원적 문제와 마주 서려고 노력하기는 했다. 그러나 무참하게 실패했다. 말들은 소통하지 못하고 비틀리고 무너지고 상대의 말을 물고 늘어지고 무자비하게 공격하고 그러고는 자기 연민 안에서 스스로 무너졌다. 나는 포기했다. 그리고, 엄마는 엄마를 다시 만나러 갈 준비를 하고 있는 딸을 기다리지 않고 세상을 떠나셨다. 나는 미친 여자처럼 울었다.

그러나 내가 어렸던 시절의 엄마는 다정한 모습으로 남아 있다. 어느 날(아마도 다섯 살쯤 났던 해 가을이었던 것 같다. 조금 추워서 어깨를 웅크리고 있었던 기억이 나는 걸 보면) 엄마는 나에게 예쁜 한복을 입혀 주셨다. 그러고는 조그만 버선을 신겨 주셨다. 엄마는 버선을 들고 버선목을 들여다보면서 오른쪽인지 왼쪽인지 살펴본다. 아이는 버선 쪽을 잘 헤아리는 엄마가 신기하다. 나중에 나이가 조금 더 들어서 혼자 버선을 신어야 할 일이 생길 때면 늘상 버선 쪽의 방향을 알 수 없어 헤맨다. 열심히 배운 대로 신었는데, 신고 나면 버선 쪽이 바깥쪽으로 뒤틀려 있다. 그렇게 짝을 바꿔 신고 뒤뚱거리며 걸으면 엄마는 와하하하 웃으시고는 했다. 아, 엄마.

버선은 너무 꼭 낀다. 아이는 발을 꼼지락댄다. 엄마는 내 발을 탁 때리고는 버선을 꽁꽁 신겨 준다. 꽃신도 신고 엄마의 손에 이끌려 교회로 간다. 교회에서 엄마는 내 머리에 종이꽃이 달린 관을 씌워 준다. 그리고 손에는 오색 색종이 조각이 가득 들어 있는 바구니를 하나 들려 준다. 나는 나중에서야 그날 나에게 주어진 역할이 결혼식 들러리였다는 것을 알게 된다.

엄마가 작은 소리로 말해준다.

"신랑 신부 앞에서 걸어가면서 이 바구니에서 색종이를 꺼내 뿌리는 거야. 그럼 신랑 신부가 걸어가는 길이 꽃길이 되는 거야. 골고루 잘 뿌려야 해. 알았지?"

그 뒤에 뭐가 어떻게 되었는지는 자세하게 기억나지 않는다. 신부의 드레스 자락이 스치는 모습을 보았던 것 같기도 하고, 땐땐땐땐 결혼 행진곡을 들었던 것 같기도 하고, 아닌 것 같기도 하고. 누구 결혼식이었는지도 전혀 기억에 없다. 데면데면한 분위기가 기억나는 걸 보면, 아는 사람 결혼식은 아니었던 것 같다. 나는 처음 해 보는 일에 잔뜩 겁을 집어먹고 있었다. 꽃 뿌리는 여자아이는 한 명 더 있었다. 나보다 키가 컸다는 것. 그리고 얼굴이 긴 아이였다는 것 외에는 기억나지 않는다.

결혼식이 시작되었고, 나는 신부 앞쪽에 서서 꽃을 뿌리기 시작했다. 나는 열심히 바구니 안에 손을 집어넣고 색종이 조각을 한 움큼 집어내어 뿌린다. 색종이가 떨어지는 모양이 참 예쁘다고 느낀다. 그런데 중간쯤 왔을 때, 갑자기 눈앞에서 무엇인가 펑, 하는 소리를 내더니 번쩍, 하고 불빛이 터졌다. 그게 마그네슘 플래시라는 걸 아이는 알지 못했다. 다만 심장이 멎을 것처럼 놀라서 겁에 질려 버렸을 뿐이다. 나 어린 시절에는 그렇게 펑, 하고 폭음을 내며 터지는 마그네슘 플래시를 사용했던 것이다.

아이는 완전히 하얗게 질렸다. 그러고는 색종이 뿌리는 일을 까맣게 잊어버렸다. 번쩍, 하는 빛이 사라지고 다시 정신이 돌아왔을 때에야 아이는 허겁지겁 색종이를 움켜 내서 다시 뿌리기 시작했다.

그 후에 벌어진 일은 전혀 기억나지 않는다. 다만 기념 촬영을 할 때 나는 내 앞에 펼쳐진 하얀 비단길(비단이 아니라 무명, 우리 엄마 표현대로라면 "뽀뿌링"이었을지도 모르지만) 중간에 색종이가 뿌려지지 않아 희게 비어 있는 공간을 뚫어지게 바라보았던 기억만 생생하게 남아 있다. 얼굴이 긴 친구는 고루고루 잘 뿌려서 그 애가 걸어온 길은 색종이로 예쁘게 잘 덮여 있었다. 얼마나 속이 상했던지. 아이 참, 다시 하면 안될까, 하고 주둥이를 한 발쯤 빼물고 속상해했던 기억. 펑, 하는 번개만 아니었다면……. 친구가 색종이 뿌린 길은 저렇게 알록달록 골고루 이쁜데……. 아 속상해. 그냥 속상했던 것이 아니라 가슴이 좀 아프기까지 했던 기억이 난다. 사진 속의 여자아이는 놀란 표정으로 어딘가를 골똘히 바라보고 있다.

나이가 꽤 들 때까지 나는 그 끊어진 색종이 길을 종종 생각했다. 내가 만든 아름다움이 내 잘못으로 무너졌다는 느낌. 어쩌면 그 작은 여자아이는 아직도, 그 빈 공간을 응시하고 있는지도 모르

겠다. 돌아가 다시 채울 수 있으면 좋겠다고 생각
하면서……. 언제나 생은 빈틈이 있기 마련이라는
것을 알면서도……. 그리고 그것이 오히려 사람을
아름답게 만드는 것이라는 것을 알면서도……. 할
머니가 되어서도 여전히 그 빈 공간을 정말로 받
아들이는 지혜는 아직 내 것이 아닌 것 같기도 하
다.

조그만 하느님들

가을인가 싶더니 갑자기 기온이 뚝 떨어졌다. 마음은 여전히 한 해가 시작되던 언저리에서 머물고 있건만, 세월은 가차없이 제 길을 간다. 어느새 한 해의 끝이 다가온 것이다. 꾸물거리던 마음이 바빠진다. 또 덧없이 한 해가 지나갔구나. 이것저것 세워 놓은 계획들은 여전히 시작도 못 한 채, 나이만 한 살 더 먹고 말았구나. 나뭇잎들이 바람에 흔들리며 떨어진다. 그것은 내년 봄, 새로운 잎으로 피어날 것이다. 그렇다고 해도 당장 떨어지는 나뭇잎을 바라보는 마음은 쓸쓸하고 아리다.

생명을 가진 모든 것은 그렇게 시작과 더불어 죽음을 향해 간다. 누가 말했던가. 살아간다는 일은 결국 죽어 가는 것이라고. 모든 생명은 탄생과 더불어 조락의 운명 속으로 떠밀려 들어가는 것이라고. 아무리 사랑스러운 것들도 결국은 죽음의 손아귀에 덜미를 잡힐 수밖에 없는 것이라고.

귀여운 시추 두 마리를 기르고 있다. 큰 녀석에게는 "또또"라는 이름을 지어 주었다. 처음에 우리 집에 왔을 때, 쉬를 잘 못 가려서 "또? 에구, 또?" 하다가 "또또"가 그 녀석 이름이 되었다. 이름을 짓고 나서 참 귀여운 이름이야, 잘 지었어, 하고 생각했는데, 나중에 보니 또또는 강아지 이름으로 아주 흔한 이름이었다. 녀석이 우리 집에 온 지 일 년 뒤에 같은 엄마가 낳은 작은 놈을 데려왔다. 식구들이 낮에 모두 집을 비우니까 낮 동안 혼자 지내는 녀석이 너무 가엾어서 일 년 터울지는 작은 놈을 데려왔던 것이다. 녀석은 "쫄래"라는 이름을 얻었다. 하도 사람들을 쫄래쫄래 따라다녀서 그런 이름을 지어 주었다.

강아지란 그 자체로 얼마나 감동적인 존재들인
지……. 녀석들은 사람들 사이를 조용히 가만가만
돌아다닌다. 그리고는 무엇이든지 열심히 한다.
밥을 먹을 때도 열심히, 물을 마실 때도 열심히,
쉬를 할 때도 열심히, 사람을 사랑할 때도 열심히.
마치 이 세상에 자신이 하는 일보다 더 중요한 일
은 없는 것처럼, 녀석들은 자신이 하는 일에 100%
투신한다. 녀석들은 자리를 많이 차지하지도 않는
다. 마치 인간이 쓰다 버린 부스러기 공간 같은 있
거나 없는 공간을, 아이, 버리면 아깝잖아, 내가
써야지, 하는 듯, 순결한 단순성을 가지고 열심히
움직인다. 이따금, 나는 우리 집에 하느님이 두 마
리 있다는 생각마저 든다. 하느님이 아니라면 어
떻게 저렇게 순결하고 사랑스러울 수 있다는 말인
가. 놈들의 완벽한 순결함을 바라보고 있으면 인
간이란 존재가 얼마나 몸뚱이에 쓸데없는 욕망을
잔뜩 채워 놓고 사는지 모르겠다는 생각이 든다.

어느 날 밤이었던가. 집에서 혼자 술을 마시고
알딸딸하게 취했었다. 집에는 나와 강아지들뿐이

었다. 무슨 일이 있었는지는 기억나지 않는다. 속상한 일이 있었던 것 같기도 하고, 그냥 좀 피곤했었던 것 같기도 하다. 밖에서는 갑자기 빗방울이 후둑후둑 떨어지기 시작했다. 그런데 갑자기 또또와 쫄래가 비 오는 날 단 한 번도 바깥에 나가 본 적이 없다는 생각이 들었다. 그리고는 어떤 순결한 존재가 난생 처음 보는 현상 앞에 설 땐 어떤 느낌일까, 라는 엉뚱한 생각이 들었다. 뭐랄까, 그때 세계는 휘황한 광휘로 둘러싸여 있지 않을까. 생전 처음 비를 만나는 또또와 쫄래는 어떤 반응을 보일까. 뻑뻑해지고 조잡해진 내가 잃어버린, 세계에 대한 어떤 휘둥그레함을 보여 주지 않을까. 어렸을 적 세상에 처음 다가가던 내가 느꼈을지도 모르는 어떤 가슴 뛰는 낯섦, 떨림, 감동.

　나는 무턱대고 또또와 쫄래를 데리고 밖으로 나갔다. 아파트 계단 위에 서서, 녀석들은 비오는 하늘을 쳐다보았다. 그리곤, 몸을 조금 떨었다. 이거 뭐지? 어, 어, 처음 보는 건데? 그렇게 망설이고 있던 놈들은, 조금 뒤에 용기를 내어 앞으로 한 발자국 떼어 놓았다. 그리곤 다시 한 발자국. 그 조심스러운 망설임, 낯선 것을 향한 경이로움, 호기심, 그리고 약간의 두려움. 놈들의 몸이 느끼는 전율이 끈을 붙잡고 있는 내 손을 지나 몸까지 뚫고 들어왔다. 내가 잃어버린 신비에 대한 순수한 떨림. 세상을 처음 만나는 자의 순수한 경탄. 그것은 알딸딸한 취기를 흔들면서 맑은 물처럼 내 영혼을 훑고 지나갔다. 날이 이미 어두워졌고 빗줄기도 굵어지기 시작했으므로, 나는 조금 뒤에 녀석들과 함께 집으로 돌아왔다. 나는 그 작은 하느님들과 삶을 공유하고 있다는 것이 너무나 고마웠다. 놈들은 그렇게 우주의 선생으로 내 곁에 머물고 있다. 나는 놈들을 통해서 세계의 증폭된 버전을 다시 체험한다. 나날이 절대적 실존으로 다가오는 세계. 한 번도 살아 본 적이 없는, 이제 막 살기 시작하는 감탄으로 가득 찬 세계.

그런데 또또가 죽어 가고 있다. 우리집에 온 지 벌써 12년의 세월이 흘렀으니, 사람 나이로는 노년인 셈이다. 심장에 병이 나더니 복수가 차고, 그리고는 폐에도 물이 찼다고 한다. 계속해서 기침해 댄다. 의사 선생님은 약으로 증상이 악화되지 않도록 지연시키는 것 외에는 할 수 있는 것이 없다고 하시면서 마음의 준비를 하라고 하신다. 쫄래는 아직 튼튼하지만 녀석도 언제 형처럼 몸이 약해질지 모른다.

모든 생명은 처참하다. 아무리 사랑해도, 죽음 앞에 선 다른 생명을 위해 하나의 생명이 해 줄 수 있는 것은 아무것도 없다. 모든 생명은 외롭게 자신의 죽음 앞에 선다. 나는 아직 또또를 보낼 준비가 되지 않았다. 아직은……. 또또를 떠나보내는 것이 어떤 일인지 짐작도 되지 않는다. 비쩍 말라서 뼈만 남았어도, 또또의 눈은 아직도 까만 보석처럼 영롱하다. 녀석이 우리 가족을 떠난다는 것이 아직은 실감이 나지 않는다. 그러나 언제든 저 작은 하느님을 보내야 한다. 그것이 생의 운명이므로.

차가운 바람이 불고 나뭇잎이 떨어진다. 생명도 그렇게 저문다. 그러나 내 또또, 나의 사랑스러운 하느님, 네 작은 몸뚱이를 내 영혼 속에 쟁여 넣는다. 우주의 어느 먼 곳에서 너는 나를 기다리고 있을 것이다. 이 생에서 네가 강아지였다는 것, 내가 사람이었다는 것은 조금도 중요하지 않다. 우리는 먼 길을 돌아, 천 년쯤 길고 긴 세월을 지나, 절대의 생명 안에서 다시 만날 것이다. 우주가 우리를 만나게 한 어떤 뜻이 분명히 있을 것이다. 내 아가, 아니, 내 스승, 내 하느님. 스러지는 모든 생명 위에 신께서 그의 자애로운 손길을 올려 주시길. 살아서 생명을 받은 모든 것들, 살아서 죽어 간 모든 것들이 그 자체로 절대적 의미였음을 우리가 번개처럼 깨닫게 되길. 내 아가, 내 눈물, 내 사랑.

조그만 하느님들, 또또와 쫄래.

3부

어린 왕들을
위하여

어린 왕들 304명의 상징성
─3과 4 사이에 파여 있는 깊은 심연

어느 날 찾아온 시어詩語 '어린 왕'

세월호의 아이들을 나는 '어린 왕들'이라고 부른다. 그러나 사실 이 상징적 용어는 나에게 처음에는 세월호와 아무 상관도 없었다. 이 단어는 세월호 참사가 나기 훨씬 전 어느 날(2012년 무렵), 불쑥 내 영혼을 치고 들어왔었다. 그리고 떠나지 않고 내 영혼 안에 머물며 계속 무슨 말인가를 건넸다. 2013년에 출간된 나의 여섯 번째 시집『꽃의 신비』에는 '어린 왕'을 주제로 쓴 시들이 10여 편 실려 있다. 이 시어가 내 영혼 안에서, 완전히, 저절로 생성된 원인에 대해서 나는 그 이유를 잘 알지 못한다. 그러나 시인들은 누구나 다 잘 안다. 어느 날 어떤 단어 하나가 설명되지 않는 이유로 시인의 영혼에 갑자기 절대적인 방식으로 강요되기 시작한다는 것을, 그리고 그 단어의 의미(시적이든, 실존적이든)는 천천히 나중에야 선명해진다는 것을. 그 시어가 가져다주는 인식이 진정으로 시적인 것일 때, 시인이 그 시어를 이끌어 가는 것이 아니라 시어가 시인을 이끌고 간다는 것을.

'어린 왕'은 그런 방식으로 나를 찾아와 강요되었다. 이 단어는 처음부터 나에게 복수複數였다. 왜냐하면 '어린'이라는 단어가 암시하는 세계 진입 이전의 가치, 세계가 등록해 주기를 거부하는 순결함의 가치는 결코 절대격의 '하나', 세계를 지배하고 억압하는 세계의 힘센 일자(一者:l'Un)일 수 없기 때문이다. 그것은 반드시 '여럿', 상대적인 다자(多者:le multiple), 겸손한 타자他者들이다. 그러나 그들이 '왕'인 이유는 그들이 자신의 원리 안에 통합된 자들, 완성을 이룬 자들이기 때문이다. 그들은 '왕자들'이 아니라 '왕들'이다. 그들은 누군가 정통성을 가진 자의 계승자가 아니라 스스로 원리를 생성시키는 자들, 스스로 정통성의 화신인 자들이다.

아마도 2012년, 숱한 부정 선거의 의구심을 포함한 채 박근혜가 대한민국 18대 대통령으로 당선되었을 때, 너무나 절망한 나의 영혼이 이 가상의 시적 존재들을 더욱 간절히 불러내게 했던 것인지도 모른다.

먼 곳에서 이미 성장한 깊은 영혼들이 어느 지점에선가
부터
정신없이 그들의 여린 몸을 뚫고 들어왔다

갤럭시가 천천히 돌아누웠다

땅은 시체로 가득 차 있다

「어린 왕들이 순례를 떠났다」

'어린 왕'들은 우주 멀리에서 성장한 완벽한 혼들이다. 그들은 지구의 누군가의 육체에 머문다. 그러나 그들이 관여하는 것은 처음부터 끝까지 죽음이다. 죽음은 인간적인 것들의 끝이며, 완성이다. 죽음을 사유하지 않는 어떤 철학도 학문도 전부 거짓이다. 우주가 차원을 바꾸는 동안, 지구는 죽은 자들로 가득 찬다.

나는 나의 내면이 명하는 대로 어디에서 생겨나 나를 찾아왔는지 모르는 그 시어를 따라갔다.

(……) 어린 왕들은 어느 날 마을을 떠났다. 그들의 여리고 투명한 팔다리 곳곳에 그들이 가진 수없이 많은 심장들이 솟아올라와 비쳐보였다. 피멍 든 심장들이 헉헉대며 뛰는 것이 보였다. 어린 왕들이 서로에게 말했다.

"이곳의 공기는 너무 탁해. 숨을 쉴 수가 없어."

어린 왕들은 먼 곳으로 가 버렸다. 나는 그들을 따라갔다. 밤중에, 내 눈이 절망으로 어두워졌을 때, 그러나 깊은 어둠 속에서 마음의 거대한 기둥이 뚜렷하게 내 눈에 보였을 때. 내 혀는 오래전에 기도의 말들을 잊어버렸다. 그러나 내 영혼은 아직 그 말들을 기억하고 있다. 내 영혼은 아직 어린 왕들을 따라가는 방법을 알고 있다.

손가락 끝에서 바람이 분다. 나는 나지막하게 불러본다. 나를 無로부터 불러낸 깊은 얼굴이여, 내 손끝의 바람을 더 힘세게 만들어주소서. 어린 왕들은 마을을 떠났다. 나는 그들을 따라갔다. 그러나 나는 마을을 떠나지도 잊지도 않았다.

「어린 왕들을 따라갔다」

세월호의 어린 왕들

그리고 2014년 4월 16일, 그 비극적인 사건이 발생한 이후, 나의 '어린 왕'들은 그 순결한 어린 희생자들 위에 겹쳐졌다. 그 기막힌 죽음을 둘러싸고 박근혜와 그녀를 옹위하는 이 나라의 비합리적인 세력이 온갖 이해하기 힘든 비열한 작태를 보일수록, 더욱더 나의 시적이고 신화적인 '어린 왕'들은 현실 안의 순결하고 억울한 죽음들의 이미지로 구체화되어 갔다. 죄 없이 죽은 아이들, 그 순결한 죽음마저 부패한 자들의 정치적 목적에 의해 모욕당한 아이들, 죽고 죽고 또 죽은 아이들, 그러나 그 죄 없는 죽음을 통해 천박함의 커튼을 찢고 순결함의 이미지와 메시지를 살아남은 자들에게 전하는 아이들.

그런데 나는 희생자들의 숫자 304에 주목했다. 물론 이 숫자에 무슨 의미 같은 게 있을 리 없다. 그저 우연일 것이다. 그런데 나는 늘상 구체적이고 우연하고 초라한 것들 안에서 의미를 읽어내려 한다. 나에게 세계와 우주는 거대한 텍스트이다. 나는 나의 그런 텍스트 읽기 시도를 '밥풀딱지의 형이상학'이라고 부르고는 했다. 세계의 가장 작고 초라한 존재나 징후 안에 숨어 있는 의미를 읽어내려는 상징적 읽기 본능 같은 것을 그렇게 명명한 것이다. 그 상징 본능은 304라는 숫자를 오래 들여다본다. 특히 3과 4 사이에서 아가리를 벌리고 있는 0의 깊은 심연을 들여다본다. 그런데 그 0이 나타내 보이는 부재에, 어떤 놀라운 우연의 일치에 의해서인지 3+4=7시간 동안 어디론가 사라졌던 박근혜의 부재가 겹쳐 보인다. 아이들을 살릴 수 있었던 7시간. 아무것도 안 하고 아이들이 0 속으로 떠밀려 들어가도록 방치했던 7시간.

구스타프 융은 세계 안에는 인과율로 설명할 수 없는, 서로 아무 상관도 없는 두 개의 사물이 우연히 일치하여 깊은 의미를 생성시키는 경우들이 있다는 것을 관찰하고 그러한 현상에 "동일성의 원리"라는 이름을 붙여주었다.

세월호의 304명의 희생자의 수가 그 동일성의 원리에 해당하는지는 알 수 없다. 그러나 나는 내 영혼의 어느 방 안에, 순전히 나에게만 의미 있는 것인지도 모르는(그것으로 내 읽기의 의미는 나에게 충분하다) 그 숫자의 의미를 쟁여 넣는다.

3은 일반적으로 완성의 숫자로 알려져 있다. 기독교의 삼위일체가 대표적이다. 기업들은 3의 네

이밍을 좋아한다. 삼성, 미쓰비시(삼롱), 삼일빌딩, 삼풍 백화점 등. 그런데 융에 따르면, 이 숫자는 의식의 완전성을 나타낼 뿐, 무의식이나 자연 또는 여성의 몫이 빠져 있다. 그래서 내면적 완성에의 지향은 아주 흔히 숫자 4를 베이스로 진행된다. 융은 만다라를 이루고 있는 4 또는 8의 상징성과 가톨릭의 제4신위인 성모 마리아의 상징성에 주목한다. 즉 기존의 도그마로 해결할 수 없는 문제가 발생할 때, 무의식은 4의 상징성에게 도움을 청한다는 것이다.

이 논리에 따르면, 대한민국은 그동안 3의 이데올로기를 따라 살아왔다고 볼 수 있다. 자연 지배, 강자에 의한 약자의 배제, 오로지 의식의 기획만을 따른 돈, 돈, 돈 벌기, 이른바 박정희식 산업 사회의 개발 이데올로기. 그러한 세계관의 대표로 이마에 3자를 붙인 삼성이 우리 사회의 막강한 대마왕으로 군림하고 있다는 사실은 매우 흥미롭다.

세월호의 순결한 304명의 희생자들은 어쩌면 3의 세계를 떠나 4의 세계로 옮겨 가야 할 필요를 우리에게 말하고 있는 것인지도 모른다. 그리고 박근혜에게는 비록 어리석은 권력자라고 해도 3과 4를 통합해야 할 임무가 주어져 있었는지도 모른다. 그런데 그녀는 그 7을 7시간 동안 아무것도 하지 않음으로써 0으로 만들어 버렸다. 아이들은 3에서 4로 건너오지 못하고 이 무능하고 부도덕한 대통령이 만들어 낸 시간의 심연에 빠져 사라졌다.

나는 아이들을 가슴에 쟁여 넣는다. 할 수 있는 일이 그것밖에 없다는 것이 너무나 비통하다. 그러나 이 순결한 어린 왕들은 사람들의 마음속에 영원히 살아 있을 것이다. 그렇게 영원히 살아서 살아남은 자들의 마음에 끊임없이 메시지를 전할 것이다. 나는 그것을 굳게 믿는다.

박근혜와 나,
또는 세계를 이해하는 정반대의 방식

나와 박근혜는 무려 3중 동창으로 박근혜가 1년
선배이다. 나는 중고등학교를 가톨릭 재단인 성심
수도원에서 경영하는 성심 여중고를 나왔고, 프랑
스 그르노블III 대학원에서 박사 학위를 받았다.
나중에 박근혜가 그르노블III 대학에서 어학 연수
를 받았다는 것을 알게 되었다. 박근혜가 학위 과
정을 끝낸 것이 아니므로 엄밀한 의미에서의 그르
노블III 대학 동창이라고 보기는 어렵겠지만, 아무
튼, 어떤 간접적인 인연은 이어졌던 셈이다. 무려
세 곳의 같은 장소에서 나는 박근혜와 같은 교육

을 받은 것이다. 그런데 박근혜와 나는 어쩌면 이
토록 다른 인간이 되었을까? 나는 맹렬한 반反박
근혜적 지식인으로 성장했다. 나는 박근혜가 세계
를 인식하는 방식의 정반대편에 서 있다. 이런 특
별한 인연 때문에 나는 더더욱 박근혜에 대한 맹
렬한 비판자가 되었는지도 모르겠다.

별것은 아니지만, 나는 박근혜와 특별한 인연이
있다. 성심 여중 졸업식과 성심 여고 졸업식 때 나
와 박근혜는 각기 송사와 답사를 읽었다. 내가 재
학생 대표로 송사를 읽으면, 박근혜가 답사를 읽
었다. 중고등학교 졸업식 두 차례에 걸쳐 그녀와
송사–답사를 나눈 셈이다. 그때 내가 직접 썼던
송사에서 무슨 말을 했는지, 박근혜가 그녀가 직
접 썼을 수도 있는 답사에서 무슨 말을 했는지는
전혀 기억나지 않는다. 아마 이 세상 모든 송사와
답사 비슷한 의례적인 이야기들이었겠지.

박근혜의 중학교 졸업식은 아주 선명하게 기억
난다. 그해(1967년)에는 박정희도 육영수도 모두
살아 있었기 때문에 두 사람 모두 졸업식에 참석

했다. 가톨릭 학교였으므로 김수환 추기경도 참석하셨다. 그분이 그때 입으셨던 진홍색 예복과 동그란 모자가 선연하게 기억난다. 박정희와 육영수의 모습도 생생하게 남아 있다. 교장수녀님이 내빈에게 축사를 요청하시면서 박정희에게 부탁하자, 박정희가 손을 저으면서 딱딱한 표정으로 사양하던 모습도 선명하게 기억에 남아 있다. 그래서 김수환 추기경이 축사를 하셨던 것도.

졸업식이 끝난 뒤, 육영수 여사가 나를 찾았다. 그녀를 둘러싸고 수녀님들과 선생님들이 상기된 표정으로 내 앞에 서 있었다. 나는 무슨 일이 벌어진 것인지 잘 몰라서 쭈뼛거리며 서 있었다. 육 여사가 나에게 말을 걸었다.

"송사 잘 들었다. 네가 쓴 거니?"

나는 뭘 그렇게 당연한 걸 묻지, 하고 생각했지만, 짧게 대답했다.

"예."

"어쩌면 그렇게 잘 썼니? 원고를 내가 좀 얻을 수 있니?"

그러자 빙 둘러서 있던 선생님들 중에서 한 사람이 나서서 흥분한 목소리로 말했다.

　　"전부 녹음되었습니다. 녹음테이프를 드릴 수 있습니다."

　　그러자 육 여사가 "아 그러면 되겠군요, 부탁합니다"라고 대답했던 것 같다. 나는 그냥 그 상황이 잘 이해가 안 가서 힘들었던 것만 기억난다. 이 들뜬 분위기는 뭐지? 원체 사회성 발달이 느린 편이었기 때문에 당시의 나는 대통령이 뭔지, 대통령 부인은 또 뭔지 전혀 이해하지 못했다. 왜 그들의 참여 때문에 수녀님들이나 선생님들이 그렇게 흥분하고 있는 건지 어린 나는 아무것도 알지 못했다. 이 키 큰 부인은 누구지? 빨리 이 부담스러운 상황을 벗어나서 집에 갔으면 하는 생각뿐이었다. 나중에 육영수 여사가 총격을 당했을 때, 그 기억이 떠올라 마음이 많이 아팠다.

　　중고교 시절에 박근혜와 관계된 일화는 그게 전부다. 나는 그녀와 가까워지고 싶지도 않았고, 그럴 기회도 없었다. 이따금 마주치는 조금 우울해 보이는 얼굴, 늘상 주변에 경호원이 있었다는 것, 내가 박근혜에 대해 가지고 있는 기억은 그게 전부다. '대통령 딸'이라는 단어는 당시의 내 의식 체계 안에 기호화되어 있지 않았고, 그 기호가 지닌 사회적 의미에 대해서도 완전히 무지했다. 그 단어는 어린 소녀인 나에게 아무 의미도 없었다.

그러나 사회성이 발달하고 대한민국에서 벌어지고 있는 일들에 대한 관점을 지니면서, 나는 맹렬한 반反박정희-박근혜주의자로 성장했다. 고등학교 졸업식 때에는 정말 마지못해 송사를 썼던 기억이 난다. 나중에 박근혜가 정계에 진출할 때도 나는 매우 비판적인 입장이었다.

2003년엔가 박근혜를 둘러싼 여성 정치인 논쟁이 벌어졌던 적이 있다. 페미니스트 최보은이 박근혜가 독재자의 딸이기는 하지만 여성 정치가 너무나 열악한 상태이므로, 박근혜라는 여성 정치인이 확보하고 있는 안정적인 정치적 자산을 이용해서 여성 정치의 힘을 길러야 한다는 요지의 주장을 폈다. 나는 그 주장에 전혀 찬성할 수 없었다.

내가 쓴 반론의 요지는 다음과 같다.

여성 정치란 여성이 하는 정치라는 의미가 아니다.

여성 정치가 의미 있는 것이 되려면 그것이 남성 정치와 변별성을 가지는 것이어야 한다. 남성들이 하는 정치와 똑같은 정치를 여성이 한다면 그것은 여성 정치로 의미화될 수 없다. 여성 정치는 근본적으로 약자를 위한 정치여야 한다. 여성이라는 기호가 정치적으로 유의미해질 수 있는 것은 그것이 약자의 대표적 호칭이기 때문이다. 따라서 박정희를 신격화하고, 박정희의 독재를 합리화하는 박근혜의 정치는 여성의 이름으로 의미를 부여받을 수 없다. 내가 보기에는 약자를 위해 자신을 희생한 전태일이 박근혜보다 훨씬 더 여성 정치적이다. 나는 박근혜를 트럭으로 가져다준다고 해도 전태일 한 사람과 바꿀 생각이 없다.

박근혜는 단순히 박정희의 수동적 조력자가 아니라 그녀 자신이 독재의 시행자였다.

혹자는 박근혜가 박정희의 독재에 가담한 것은 자신

의 의지로써가 아니라 어린 나이에 단순히 아버지의 수동적 조력자로서 도움을 준 것에 불과하다고 주장한다. 나는 전혀 그렇게 생각하지 않는다. 박근혜가 박정희 독재의 잔인성을 희석시키는 일종의 정치적 수사물로 자신을 기호화했던 것은 아버지의 강압에 못 이겨서가 아니라 매우 적극적이고 독립적인 의지에 의해서였다. 아버지의 독재에 협력했던 때에 그녀는 미성년자가 아니라 성년의 나이였다. 충분히 독자적 판단이 가능한 나이다. 그녀는 매우 자발적이고 능동적으로 새마을운동 등의 독재 캠페인을 수행했고, 그것으로부터 이득을 얻었다. 따라서 박근혜는 독재의 조력자가 아니라 그녀 자신이 독재자였다고 보아야 한다. 그녀 자신이 박정희 독재의 책임 당사자 중 한 사람이다. 박정희 사후 그녀의 발언들을 참고해 보아도, 그녀는 아버지의 독재와 그것에 협력한 자신의 행위에 대해 일말의 반성도 하고 있지 않으며, 계속해서 그 정당성을 신화처럼 신봉해 왔다는 것을 알 수 있다. 나는 독재자인 그녀를 여성 정치인으로 인정할 수 없다.

무엇보다 문제가 되는 것은 박근혜는 박근혜가 아니라 박정희의 유령이라는 사실이다.

박근혜는 본인이 원하든 원하지 않든, 박근혜가 아니라 '박정희의 딸'로 정치적으로 기호화되어 있다. 박근혜의 이름으로 정치하는 것은 박근혜가 아니라 죽은 박정희이다. 따라서 그녀는 여성 정치인으로 자리매김될 수 없으며, 그녀가 박정희의 유산이라는 막강한 정치적 이득을 포기하지 않는 한, 그녀는 박근혜의 정치를 할 수 없다. 국민은 박근혜와 함께 일종의 유령 정치 앞에 노출되어 있는 셈이다. 따라서 박근혜는 박근혜라는 개인으로 정치를 한다는 확신을 주지 못하는 한, 정치를 해서는 안 된다. 그것은 일종의 가면무도회이며 정치적 사기이기 때문이다.

박근혜가 그 글을 읽었는지는 확인할 길이 없다. 그리고 그녀가 그 글을 읽었다고 무엇이 달라졌을 것이라고 생각지도 않는다. 탄핵 이후에 우리가 확인한 바로 그녀는 시대착오적이고 어리석고 거짓된 하수인들에게 겹겹이 둘러싸여 있었다.

좀 더 적극적으로 그녀와 동창 관계라는 것을 이용해서(대부분의 출세주의자들이 그러듯이) 접근을 시도했었다면? 그래서 진지하게 아픈 충고를 했더라면 그녀의 비참한 몰락을 막을 수 있었을까? 그 질문은 아무 의미도 없다. 왜냐하면 첫째, 나의 생에 자신의 상황을 이용해서 권력자에게 접근하는 행위는 전혀 일어날 가망성이 없는 일이며, 둘째, 나는 박근혜의 어리석음이 누군가의 진실한 충고 정도로 깨어질 가망성이 없는 매우 견고한 퇴행성을 가진 것이라는 것을 진작에 파악하고 있었기 때문이다.

사람들은 스치고 지나간다. 한 생 안에서 동시대에 숨을 쉬고 있다는 것만으로도 사람들이 맺는 인연은 엄청난 것이다. 그러나 박근혜와의 스치는 생 안에서 나를 슬프게 만드는 것은 그녀와 내가 성심이라는 매우 독특한 교정에서 소녀 시절을 함께 보냈다는 사실이다. 그녀는 성심의 교육을 어떻게 받아들였기에 그렇게 어리석은 인간으로 성장했던 것일까?

성심은 나에게 하나의 이상적인 꽃 같은 곳이었다. 한두 줄의 글로 내가 그곳에서 받은 교육과 그 교육이 나에게 준 영감, 그리고 성심이라는 이미지의 아름다움을 다 풀어내기 힘들다. 다만 그곳에서 내가 깊은 영혼을 얻었다는 말만 해 두자. 나는 당시 한국 교육과 매우 차별화된 교육을 그곳에서 받았다. 그리고 그것은 훗날 내 영혼의 기질을 결정하는 데 결정적인 역할을 했다. 그 교육 덕택에 나는 옆으로 번지며 힘을 꿈꾸는 대신, 안으로 깊이 내려가며 존재의 정수를 구하는 기질을 얻었다. 성심은 나의 성모 마리아였다.

그런데 같은 교육을 받은 박근혜는 전혀 다른 인간으로 성장했다. 그녀가 성심의 이름에 끼치는 모욕이 나는 너무나 슬프다. 한번은 내가 박근혜의 동창이라는 것을 알고 있는 지인이 "너는 동창이면서 어쩌면 박근혜에게 그렇게 모진가? 불쌍하지도 않은가?"라고 물었다. 나는 "생각해 보면 불쌍하기도 하다. 그러나 박근혜를 향한 나의 비판은 개인 박근혜와 아무 상관도 없다. 그녀는 가져서는 안 되는 권력을 꿈꾸었다. 그녀는 처음부터 정치를 해서는 안 되는 사람이었다. 그녀의 잘못된 권력욕이 나라 전체를 고통 속으로 몰아넣었다. 내가 비판하는 것은 그것이다"라고 대답했다.

그녀는 지금 수인 503번으로 감옥에 있다. 한 시대가 비극으로 저물고 있다. 그녀가 혼자 있는 고독의 시간에 깊이 자신과 역사를 들여다보는 방법을 배웠으면 하고 간절히 바란다.

"밥하는 아줌마"의 파업,
인류 최초의 파업

"밥하는 아줌마"(인용입니다. 오해 없으시기 바랍니다)의 파업에 대해 국민의당 이언주 의원께서 경멸적 언사를 쏟아 내셨군요. 참 시대착오적인 분입니다. 2017년 7월 9일 자 〈오마이뉴스〉 기사 인용합니다.

이언주 국민의당 원내수석부대표가 지난 29일과 30일 민주노총 총파업에 참여한 학교 비정규직 급식노동자들을 놓고 "아무것도 아니다. 그냥 급식소에서 밥하는 아줌마들"이라고 말했다.

SBS 9일 보도에 따르면 이 원내수석부대표는 지난 30일 SBS 기자와 한 전화통화에서 해당 파업의 부당성을 상세히 설명한 뒤, 파업하는 노동자들을 "미친놈들"이라고 표현하며 이같이 말했다. 이 보도에 따르면 지난달 29일 국민의당 원내정책회의 이후 이 원내수석부대표는 기자들과 만나 파업에 참가한 노동자들을 '나쁜 사람들'이라고도 말한 것으로 전해졌다.

……이 원내수석부대표는 또 "학교 비정규직 노동자들이 하는 일은 부가가치나 생산성이 높아지는 직종이 아니다. 정규직화를 해야 할 이유가 없다"라며 "이들의 주장대로 정규직화를 해주면 납세자인 학부모와 국민들이 이들을 평생 먹여 살려야 한다. 미래에 학생들이 줄어들어도 고용 유연성이 없어져 해고를 할 수도 없게 된다"라고 말했다.

……해당 보도에 따르면 이 원내수석부대표는 기자와 통화 도중에 여러 차례 "솔직히 조리사라는 게 별 게 아니다. 그냥 동네 아줌마들"이라며 "옛날 같으면 그냥 조금만 교육시켜서 시키면 되는 거다. 밥하는 아줌마가 왜 정규직화가 돼야 하는 거냐?"라고 말한 것으로 전해

졌다. 또 당시 공공부문 파업에 관해서는 "미친놈들이야, 완전히... 이렇게 계속 가면 우리나라는 공무원과 공공부문 노조원들이 살기 좋은 나라가 된다"라고 말하기도 했다.

이언주 의원의 발언을 요약하면, 비정규직 급식 노동자들은 "밥하는 아줌마"들로, 조금도 중요하지 않은 일을 하는 시시한 사람들이므로, 정규직화를 요구하며 파업할 자격이 없다는 것입니다.

그래서 '밥하는 일'이 얼마나 중요한 일인지, 그렇게 함부로 폄하해서는 안 되는 일이라는 것을 이언주 의원께 알려 드리기 위해서, 인류 최초의 파업에 대해 이야기해 볼까 합니다.

인류 최초의 파업은 대지의 여신 데메테르가 우주의 최고신 제우스를 상대로 맞짱 뜬 파업입니다.

제우스는 형제 하데스(지옥의 왕)에게 데메테르가 지극히 사랑하는 딸 페르세포네를 아내로 주기로 자기 마음대로 결정합니다. 그래 놓고는 데메테르에게 "누이야, 하데스가 네 딸을 자기 아내로 가지고 싶단다. 걔 쟤한테 줘라"라고 하기엔 좀 뭣했는지 음모를 꾸미죠. 페르세포네는 순진하고 사랑스러운 아가씨입니다. 그녀는 들판에서 꽃을 따며 친구들과 노는 걸 좋아했죠. 제우스는 그것을 이용합니다.

비극이 벌어지던 그날도 페르세포네는 친구 오케아노스의 아름다운 딸들과 들판에서 원무를 추며 꽃을 따며 놀고 있었죠. 음흉한 제우스는 세상에서 보지 못한 너무나 아름다운 꽃 한 송이가 그 들판에 피어나게 만듭니다. 페르세포네가 그 꽃을 따려고 꽃 줄기를 잡아당기는 순간, 땅이 텅, 하고 열리고, 하데스가 말 네 마리가 끄는 검은 마차를 타고 지옥에서 튀어나옵니다. 그는 페르세포네를 낚아채 사두四頭마차에 태워 지옥으로 내려갑니다. 가엾은 페르세포네가 잡혀가며 지른 비명소리는 멀리 있었던 데메테르의 귀에까지 들립니다.

딸이 하데스에게 잡혀간 것을 알게 된 데메테르는 식음을 전폐하고 울며, 막강한 제우스에게 이

부당한 처사에 대한 자신의 분노를 파업으로 전합니다. 그녀는 딸이 하데스에게 납치되었다는 것을 알지만 딸을 구하러 지옥으로 내려갈 수가 없습니다. 올림포스 신들은 정해진 역할과 활동 영역이 있어, 그것을 멋대로 위반할 수 없기 때문입니다. 제우스 자신도 지옥에는 못 갑니다. 꾀쟁이 헤르메스만이 지상과 지하를 맘대로 왔다갔다 할 수 있습니다(제우스가 허락해 주었으니까요).

곡물과 식물의 생장을 맡은 여신 데메테르가 본격적인 파업에 돌입하자, 세상에는 아무것도 자라지 않습니다. 식물은 모두 시들어 죽고, 씨앗은 싹을 틔우지 못하고, 나무들은 잎사귀들을 모두 떨구었습니다. 세상은 고통의 신음소리로 가득 찼습니다. 사람들은 곡식이 없으므로 밥을 할 수 없어 굶어 죽어 갔습니다. 데메테르는 곡식의 아줌마, 말하자면 사람들에게 먹을 것을 제공해 주는 "밥하는 아줌마"였던 것이지요.

결국 제우스는 "밥하는 아줌마"의 파업에 두 손을 듭니다. 그리고 전령 헤르메스를 보내 하데스에게 "도저히 안 되겠다. 페르세포네를 돌려줘라"라고 명령합니다. 어느 안전이라고 거역합니까. **"예, 형님"**(제우스는 태어나기는 막내로 태어났지만 다른 신들이 전부 크로노스 뱃속에 갇혀 있었으니, 세상에 나온 순서로 치면 맏이입니다) 하고 복종합니다. 그런데 이 음흉한 지옥의 신은 떠나는 페르세포네에게 예쁜 빨간 석류 한 알을 먹으라고 내어 주죠. 이 순진하고 대책 없는 아가씨, 냉큼 받아먹습니다. 나중에 하데스는 그 석류 한 알을 가지고 제우스에게 이의를 제기해서 결국 제우스는 페르세포네가 일 년의 절반은 지상과 올림포스에서 보내고 일 년의 절반은 지옥에서 보내도록 중재안을 냅니다. 데메테르 콜, 하데스도 콜. 파업 종료.

그렇게 해서 페르세포네가 어머니 데메테르와 함께 있을 때에는 세상에 다시 식물이 자라고 곡식이 여물고 꽃들이 피어나게 되었습니다. 그리고 하데스와 함께 있을 때에는 다시 어둡고 우울한 날들이 이어졌지요. 말하자면 그 이후로 세상에는 〈계절〉이라는 것이 생겨나게 되었던 것입니다.

"밥하는 아줌마" 데메테르의 용감한 파업 덕택에 인류가 계속 밥을 먹을 수 있게 된 것입니다.

데메테르는 자신의 직능으로 최고신 제우스에게 맞선 유일한 신입니다. 남신들도 못했던 일이지요. 프로메테우스가 있기는 하지만, 그는 신이 아니라 티탄이었습니다. 그리고 프로메테우스의 해결 방식은 어느 정도 정치적입니다. 그는 여러 가지 술책과 속임수를 동원합니다. 그러나 데메테르는 오로지 〈자기 자신임〉으로써 맨몸으로 승부를 겁니다. "밥하는 아줌마" 무시하지 마십시오.

이 신화는 물론 그 외에도 복잡한 여러 가지 의미를 가지고 있습니다. 앞서 한 이야기는 가장 단순한 분석에 불과합니다. 어쨌든 데메테르의 파업은 인류 최초의 파업이라고 볼 수 있습니다. 노사가 합의했다는 점에서도 의미 있는 파업이고요.

이상 "밥하는 아줌마"이며 신화 연구가인 김정란이 썼습니다.

나는 한 번도
젊었던 적이 없다

나는 한 번도 젊었던 적이 없다. 나는 20대에 이미 노인이었다. 왜냐하면 박정희가 내 목덜미를 틀어쥐고 숨 쉴 수 없게 했기 때문이다. 나는 산소 결핍증으로 20대에 이미 70대 노인처럼 쭈글쭈글한 미이라 같았다. 나는 살아 있었지만 죽어 있었다.

그제나 저제나 나는 공포영화를 좋아하지 않는다. 삶이 이미 공포인데, 뭐하러 영화관까지 가서 덜덜 떤다는 말인가? 그런데도 나는 20대에 드라큘라 영화란 영화는 악착같이 다 쫓아다니며 보았다. 드라큘라 배우로 유명한 크리스토퍼 리는 물론, 동양 사람인지 서양 사람인지 알 수 없게 생긴 기묘한 얼굴의 잭 파란스가 드라큘라로 나오는 영화까지 다 보았다. 영화를 보는 동안 나는 드라큘라를 죽이는 용감한 영웅이 아니라 그에게 찔려 죽는 불쌍한 드라큘라 편에 서 있었다. 너무나 무서워서 영화 보는 동안 내내 절반은 눈을 가리고 있었으면서도, 열심히 드라큘라를 쫓아다녔다.

잭 파란스 드라큘라가 그가 침대로 삼는 관을 영웅이 불질러 버리자 분노하는 장면에서 나는 드라큘라가 불쌍해서 무지무지 울었다. 성이 드라큘라의 분노로 웅웅 울렸다. 스무 살 남짓의 젊은 여자는 생각했다. "살아 있는 사람은 살아 있다는 사실만으로 삶이 위안받을 수 있어. 그런데 죽은 자의 분노는 언제 어떻게 보상받는 거지?"

나는 그의 슬픔과 분노를 너무나 잘 이해할 수 있었다. 왜냐하면 내가 유령이었기 때문이다. 박정희의 잔인무도한 독재, 입만 열면 터져나오는 거짓말, 아아 무도한 나라, 나는 그곳에서 존재를 구축할 수 없었다. 내 존재는 언제나 (존재)였다. 그것은 가상이며, 거짓이며, 스캔들이며, 유령이었다. 살아 있으나 죽은 자. 살아 있다는 사실만으로 언젠가 분노를 제거할 수 있으리라는 희망을 가질 수 없는 자. 나는 유령이었다. 나는 "유령의 노래"라는 연작시로 시인이 되었다. 내 말은 허공으로 흩어졌다.

그리고는 그 시절에 독재의 2인자로 군림하며 최태민과 최순실을 앞세워 돌아다니며 독재의 앞잡이를 했던 박정희의 딸이 대통령이 되었다. 박근혜는 단순히 박정희의 조력자에 불과하지 않다. 그녀 자신이 독재자였다. 그녀가 새마음운동이라는 단체를 만들어 돈을 걷고 돌아다닐 때, 그녀는 미성년자가 아니었다. 엄연히 성인이었다. 따라서 박정희의 잔인한 독재에 그녀는 자신의 의지로 가담한 것이다. 그녀 자신이 박정희의 잔인한 통치에 일정 부분 책임이 있는 것이다.

박근혜가 대통령이 되었을 때 나는 견딜 수 없었다. 그 시절을 또 살아야 한다고? 이게 말이 되는가? 그리고 4년이 흘러갔고, 온갖 오물이 다 쏟아져 나오고 있다. 아비가 쥐고 흔들던 내 존재를 그 딸이 또 쥐고 흔들었다. 젊은 유령은 늙은 유령이 되었을 뿐이다. 내 말은 여전히 허공으로 흩어진다. 젊은 드라큘라는 늙은 드라큘라가 되어 여전히 운다. 내 집을 내놓으란 말야. 난 살 곳이 없어.

이번 봄이 마지막이다. 박근혜를 정리하지 못하면, 이 나라에 살아야 할 이유가 없다.

그러나 이제 박근혜와 그 콜라보들의 문제는 만천하에 드러났다. 이제는 박정희와 박근혜를 한꺼번에 정리할 수 있을 것이다. 나는 유령이 아니어도 될 것이다. 나는 이제 비로소 살기 시작할 수 있을 것이다.

'나꼼수'의 언어

김어준은 진지할 줄 몰라서 진지하지 않은 것이 아닙니다. 그가 가벼움을 택한 것은 그가 체질적으로 아웃사이더이기 때문에 정공법을 택할 생각이 없기도 하고(위엄은 종종 가식·위선과 동의어니까요), 그 방식이 그의 위치에서 가장 유효한 전략적 선택이기 때문이기도 합니다. 그는 무겁고 진지하고 느리게 치는 대신, 빠르게 치고 빠지는 전략을 택합니다. 이것은 프랑스 문화 연구가 드 세르토De Certau가 '게릴라 전략'이라고 명명한 문화 전략입니다. 게릴라 전략은 상대방의 막강한 철옹

성을 정면으로 공격하지 않습니다. 우선 그럴 능력이 없습니다. 그리고 그럴 필요도 없습니다. 게릴라들은 가볍게 치고 전선을 이동시킵니다. 공격 타점은 언제나 노출되어 있습니다. 그렇게 해서 동시다발적으로 강고하고 비합리적인 체제에 구멍을 뚫는 작고 효율적인 공격들이 이루어집니다. 나꼼수가 지난 10년 동안 했던 일이 그것입니다. 그리고 그 게릴라전의 효과는 우리가 알고 있는 바와 같습니다.

많은 이들이 나꼼수의 거친 언어를 비난합니다. 저도 그 언어가 편하지는 않습니다. '졸라', '씨바' 같은 말은 좀 안 썼으면 좋겠다고 생각하기도 합니다. 그 말들이 상당히 마초적이고, 본질적으로 성적 비속어이기 때문입니다.

그러나 나꼼수 같은 언더그라운드 저항 방송에서 그러한 말들이 사용되는 것은 문화적으로는 충분히 설명됩니다. 그것은 일종의 축제의 언어, 카오스의 언어입니다. 이것은 대단히 흥미로운 주제여서 언젠가 긴 글을 한번 쓸 생각이지만, 간단히 끊어 말하면, 세상의 전복을 꿈꾸는 이들은 반란의 언어를 사용할 수밖에 없고, 그 경우, 성적 어휘는 거의 필수적으로 동반된다는 것입니다. 왜냐하면 전복은 존재를 강등시키는데, 존재의 강등이란 존재의 육체적 수준으로 돌아간다는 뜻이거든요. 목욕탕에 가면 이건희나 돌쇠나 똑같은 거죠.

무질서의 신 디오니소스가 바다에서 솟아올라 바퀴 달린 배('바퀴 달린 배'라니, 천재적이지 않나요? 고대 아테네인들은 그런 방식으로 무정형의 혼돈의 신 디오니소스를 질서의 여신 아테나가 지배하는 아테네 본진으로 끌어들입니다. 그들은 질서란 그대로 두면 기득권화되어 억압이 된다는 것을 알았던 것이지요. 그들은 일 년의 일정 기간 동안 아테네를 디오니소스의 점령에 맡깁니다. 모든 것은 그렇게 해서 다시 무질서로 돌아가 재창조해야만 하는 것이었습니다. 이 무질서-바다의 신이 질서-육지를 향해 진군할 때, 바다의 속성을 버리지 않은 채 배(바다)+수레(육지)를 타고 이동하는 겁니다. 대단하지 않습니까? 고대 아테네인들은 정말 뛰어난 종족이었던 것 같습니다)를 타고 질서의 도시 아테네로 진군할 때, 그를 호위하고 있는 신도들은 야한 성적 농담을 주고 받습니다. 아테네가 대단히 마초적인 폴리스였고, 따라서 이 습속도 마초성과 분명히 연관이 있습니다만 대지의 여신 데메테르를 섬기는 테스모포리아제祭에서도 〈아이스크롤로기아이〉라고 불리는 음담패설을 주고받았던 것을 보면 그것만은 아닙니다. 그것은 일차적으로는 생식과 관련된 다산多産을 촉발시키는 주문이었을 것입니다. 그러나 그 안에 〈전복〉의 성격이 포함되어 있는 것도 간과할 수 없습니다.

축제는 사회의 재편을 목표로 합니다(비록 일시적이고, 제의적인 것에 불과하지만). 그런데 그 재편은 무엇보다 언어의 재편을 통해 이루어집니다. 고상한 것과 천박한 것이 뒤섞이고, 관념과 실체가 뒤섞이고, 주인의 언어와 노예의 언어가 뒤섞입니다. 축제 언어의 천박성은 새로운 창조 이전에 회복되는 카오스를 언어적으로 표현해 놓은 것입니다. 나꼼수의 거친 언어는 그렇게 이해되어야 합니다. 또 간단하게 이렇게 이해할 수도 있습니다.

쓰레기 치우는데 작업복 입고 하지 턱시도 입고 합니까? (그래서 꾹꾹 참고 듣기는 하는데, 불편함은 여전합니다. 나꼼수낭郎들께서 늙은 청취자 할망의 마음을 헤아려 주셨으면 합니다).

문재인이 대통령이 되기는 했지만, 문재인을 지지하는 상식 세력은 아직 이 사회의 주류가 아닙니다. 사법부의 연이은 황당 판결을 보십시오. 검찰의 꾸물대기를 보십시오. 여전히 야비한 딴지 걸기하는 언론을 보십시오. 자유한국당의 저 무리한 생떼 쓰기가 어떻게 가능하다고 생각하십니까? 그들은 이 사회의 모든 힘은 아직 자기 세력이 쥐고 있다고 확신하고 있는 것입니다. 그들은 언제라도 판을 뒤집을 수 있다고 생각합니다. 돈도 힘도 아직 자기들이 다 가지고 있으므로.

우리는 용감하되 동시에 지혜로워야 합니다. 매사를 맥락 안에서 파악하십시오. 맥락을 놓치면 게도 구럭도 다 놓칩니다. 중요한 것은 분석력이 아닙니다. 분석적 통찰력입니다.

아쿠 둔

오늘 촛불 집회가 끝나고 시위대 일부는 청와대 쪽으로, 일부는 황교안 총리 공관 쪽으로 행진을 시작했다.

나는 총리 공관 앞에 가서 빽빽 소리를 질러 댔다. "박근혜를 탄핵하라, 박근혜를 구속하라!" 내 목소리는 아주 짱짱하다. 목소리에 바이브레이션이 있어서 그런 것 같다. 내가 빽빽 소리를 지르자, 옆에 있던 꼬맹이가 재미있는지 자기도 따라 한다. 잠깐 꼬마와 이중창을 했다. 옛날에 대학 시절에 연극했을 때(4년 내내 연극을 했다. 2학년 때는 국민 배우 안성기 씨와 같이 테네시 윌리엄스의 『욕망이라는 이름의 전차』를 공연한 적도 있다. 안성기 씨는 주인공 밋치 역이었고, 나는 조연인 스텔라(밋치 부인) 역이었다. 4학년 때는 모노드라마 장 콕토의 『목소리』까지 공연했다. 윤석화 씨나 최정자 씨가 공연했던 이 연극은, 아마추어가 공연한 것까지 쳐 주면 내가 한국 초연이다), 프로 연출가들이 내 목소리를 탐냈었다. 전달력이 아주 좋다고 했다. 웅웅 울리는 소리여서 마이크 없이도 멀리까지 잘 들린다는 것이었다. 상지대학교에서 김문기 반대 시위를 할 때도 내가 빽빽 소리 지르면 동료 교수들이 막 웃고 그런다.

내 목소리는 대지가 준 것이다. 무슨 말이냐 하면, 높은 곳에 계신 부패하신 권력자들이 소리지를 필요가 없어서, 자기들끼리 귓속말로 쑥덕거리며 주거니받거니 하면 그만이므로 항의할 필요가 없어서, 내면에 쟁여 두지 않은 존재의 물적 토대로부터 오는 항의자의 소질이 내 안에 가득 차 있다는 뜻이다. 역사와 역사를 거쳐 권력자들에 의해 잘린 무수한 혓바닥의 강요된 침묵의 소리가 내 안에 가득가득 쟁여져 있다는 뜻이다.

그렇다, 나는 시끄러운 항의자다. 나는 빽빽대며 항의한다. 왜냐하면 지금 대한민국은 정상이 아니기 때문이다. 박근혜도 황교안도 모두 권좌를 떠나라. 결국 국민이 이길 것이다. 국민 알기를 벌레 보듯 하는 자들이여, 사실은 귀하들이 벌레다, 그것을 알라.

아르고호 원정대 아르고나우타이들의 대장이었던 이아손은 늙은 뒤에, 그의 젊은 날의 영광의 상징이었던 아르고호 아래 누워 있다가 그 배의 썩어가는 대들보가 이마에 떨어지는 바람에 죽었다. 그러므로 박근혜를 둘러싸고 있는 자들은 자신들의 미래를 성찰하라. 거짓이 언제까지 그대들을 지켜 주리라고 생각하는가.

아테나 여신은 아르고호를 건조할 때, 제우스의 신탁소 도도나에서 가져온 말하는 떡갈나무로 만든 대들보를 아르고호에 장착해 주었다. 그 대들보가 아르고호가 모험하는 동안 아르고나우타이들에게 신의 말을 전했다.

신화는 이아손을 죽인 대들보가 그 '말하는 떡 갈나무' 대들보인지 확정해 주지 않는다. 그러나 나는 그 대들보였을 것이라고 확신한다.

주어진 권력(아니, 오히려 탈취한 권력)을 거짓을 꾸며 내는 데 이용한 권력자들은 스스로의 거짓말 로 무너진다. 권력은 응징의 칼이 되어 그대들을 칠 것이다. 성찰하지 않는 그대들은 그대들 자신 의 거짓에 의해, 안으로부터 썩어가는 권력에 의 해 망할 것이다. 영광의 아르고호가 죽음의 아르 고호가 되는 것이다.

촛불 집회에 가면 늘 좋은 사람들을 만나서 맛 있는 저녁도 먹고 재미있는 이야기도 많이 하게 된다. 즐겁게 싸우며 잘 이겨 내리라. 그리고 부패 한 권력이 물러나는 새 날을 향해서, 새 날을 가져 다 준 시민들을 향해서 깊이 절하리라. 아쿠 둔*.

---

* 내가 내 맘대로 만들어 낸 우주 인사법. 영혼 안에 별이
   박힌 사람들이 별이 박힌 다른 사람들을 알아보고 하는
   우주어. '아'는 가장 본질적인 최초의 음, 아무런 음성학

적 저항도 없는 순결한 모음. 'ㅋ'은 그 모음과 급격한
충돌을 일으키는, 존재가 피할 수 없는 물적 토대를 환
기시키는 가장 무거운 거센터짐 소리(破裂激音) 자음.
'ㄷ'은 '아'와 'ㅋ' 사이에 있는 순화된 존재의 조건, 'ㅋ'보
다 훨씬 부드러운 혀끝소리(舌端音). 그리고 이 모든 음
들을 동굴처럼 깊이 파인 모음 'ㅜ'가 싸안고 있다. 왜냐
하면 생의 진정함은 존재의 '깊이' 안에서 비로소 생성
되므로, 마지막 자음 'ㄴ'은 우리가 살면서 채택할 수밖
에 없는 문명적 책받침이다. 어떤 근원적인 깊은 모색
도 문명으로 떠받치지 않으면 형식을 얻을 수 없는 것
이다.

노무현,
그리고 오는 한 사람

　노무현 대통령이 생 안에서 마지막으로 했다는 말은 "저기 사람이 지나가네"였다고 한다. 그는 옆에 있는 경호원과 함께 부엉이 바위 아래 먼 곳에서 지나가는 사람을 보고 "저기 사람이 지나가네"라고 말했다. 그것이 그가 세상에 남긴 마지막 말이었다. 그리고 그는 가 버렸다.

　오랫동안, 아주 오랫동안, 나는 그 말을 마음에 품고 있었다. 그는 왜 "저기 사람이 지나가네"라고 말했을까? 그는 막막한 고독 안에서 사람들이 그에게 다가오기를, 그래서 지나가지 않기를, 와서

그의 모욕당한 아픈 마음을 안아 주기를 기다렸던
건 아닐까?

　그 말은 나를 오래 괴롭혔다. 나도 그렇게 그에
게 '지나가는' 사람이었겠구나. 그런데 노무현은
지나가지 않았다. 그는 왔다. 사람들의 마음속으
로 왔다. 한 해가 지나도 두 해가 지나도 그는 더
욱더 마음 깊은 곳으로 왔다. 나는 그가 세상을 버
린 지 이틀 뒤에 이 시를 썼다.

　여기 오는 사람

　그는 몸으로 어둠을 밀어내며 걸어간다

　새벽, 차고 맑은 공기,
　각성의 바람 끝에서 빛이 솟아난다

　그는 가슴의 순결함과
　그를 일생 동안 따라다니며 괴롭힌
　힘센 자들의 사악한 헛바닥 사이로

높이 솟은 긴장의 끝에 선다

그가 조용히 말했다

"저기 사람이 지나가네"

그리고 그는 우주의 자유 속으로
가뿐히 몸을 던졌다

살아남은 우리가 흘리는 눈물이
슬픔과 분노의 강이 되어
그의 몸을 받는다

그가 그 눈물의 강 안에서
본래의 순결함과 아름다움과 힘을 되찾을 수 있도록
그가 다시는 갈갈이 찢겨 모욕당하지 않도록

그리하여
여기 사람이 온다

여기 사람이 온다

그는 우리 가슴 깊은 곳으로
크고 아름답게 그리고 절대적으로

온다

여기 사람이 온다
영원히 온다 현재형으로

그는 저기 지나가지 않는다

김정란, 2009. 5. 25.

노무현의 〈옴〉은 현재 진행형이다. 그는 와서 사람들의 가슴을 두드리고, 그리고 일어서게 한다. 각성한 자로, 역사의 노예가 아니라 주인으로 살라고 말한다.

그리고 오늘, 또 한 사람이 '온다'. 노무현의 친구 문재인. 자신의 분신 같은 친구를 잃은, 내장을 후벼파는 아픔을 가슴에 묻고, 의연히 역사 앞에 마주 서기로 결심한 사람. 그가 '온다'. 그는 사람들의 부름에 답했다. 나에게 문재인은 노무현이다. 노무현이 우리에게 '오는' 사람이듯이, 문재인도 '오는' 사람으로 남을 것이다.

2017년 5월 10일 19대 대통령 취임일

오르페우스,
죽은 뒤에도 노래하다

『오르페우스의 시선Le Regard d'Orphée』이라는 책을 뜯어 먹듯 읽고 있습니다. 시인들의 조상, 사랑하는 아내를 두 번 잃어버린 슬픈 남자. 그러나 몸이 갈기갈기 찢긴 뒤에도 노래 부르기를 포기하지 않았던 남자. 그리고 인류 역사상 처음으로 귀족이나 영웅이 아닌 일반 민중도 '구원'받을 수 있다는 꿈을 꾸게 해 주었던 남자. 오르페우스가 실존 인물이었다는 설도 있습니다만 그건 신화를 이해하는 데 중요한 요소는 아닙니다.

어쩌면 우리가 지금 하고 있는 민주화를 위한

노력도 에우리디케를 찾으려는 오르페우스의 두 번째 노력에 해당하는지도 모릅니다. 한번 잃어버렸던 여자, 그러나 노래의 힘으로 지옥에서 데리고 나올 수 있었던 여자, 그러나 자신에 대한 믿음의 부족으로 그녀가 완전히 다시 이 세상에 속하기 전에 뒤돌아봄으로써 영영 잃어버린 여자. 그럼에도 불구하고 오르페우스는 에우리디케에 대한 사랑을 포기하지 않았습니다.

에우리디케─민주화를 믿어야 합니다. 아닙니다, 이 말은 정확하지 않습니다. 오르페우스인 우리 자신을 믿어야 합니다. 어설프게 타협하면 그녀를 영영 잃어버립니다.

오르페우스는 자신의 실패를 통해 그때까지는 귀족의 전유물이었던 '영혼의 구원'이라는 새로운 종교적 개념을 공동체에 가져다주었고, 죽음과 싸우는 예술이라는 놀라운 명제를 안착시켰습니다.

오르페우스의 아버지에 대해서는 태양신 아폴론이다, 북부 그리스 트라키아의 강의 신 오이아그로스다, 라는 설이 있지만, 어머니에 대해서는 모든 판본이 예외 없이 고대 그리스의 가장 중요한 예술 장르였던 서사시를 담당하는 무사Musa(뮤즈, 복수형 무사이Musai) 칼리오페를 지목하고 있습니다.

무사이는 티탄족 므네모쉬네의 딸들입니다. 므네모쉬네는 기억의 여신입니다. 기억의 여신들에게서 예술의 신들의 계보가 탄생한 것이지요. 그런데 므네모쉬네는 시간의 신인 티탄족 크로노스의 여자 형제입니다. 그리스인들은 시간이 흐르게 만들면서(크로노스에 의한 우라노스의 거세), 즉 인간을 죽어 가는 존재로 설정하면서 동시에 기억의 여신 므네모쉬네도 탄생시켰던 것입니다. 놀라운 민족입니다. 플라톤이 그냥 허공에서 튀어나온 것이 아닙니다.

죽음과 싸우는 예술의 힘은 기억으로부터 온 것입니다.

적폐 청산에 반대하는 세력은 이제 그만 잊고 덮어 두자고 말합니다. 다 잊고, 즉 거짓에게 영혼을 내어 주고 아무 일도 없었던 척하고, 자신을 속이고 행복한 척하라는 거죠.

그렇게 하면 에우리디케를 잃어버립니다. 뿐만 아니라 오르페우스도 죽습니다.

디오니소스를 쫓아다니며 광란의 잔치를 벌이던 마이나데스들(축자적으로 '미친 여자들'이라는 뜻)이 시인 오르페우스를 찢어 죽였습니다. 이 "찢어 죽임"의 주제에 관해서는 농경 사회적 풍요를 보장하는 희생제의 스파라그모스Sparagmos(디오니소스제Dionysian orgy를 지낼 때, 디오니소스 사제들이 황소나 송아지 같은 산 제물을 갈기갈기 찢는 의례)로 설명하기도 합니다만 달랑 리라 하나 들고 죽음–망각과 맞서서 죽음을 거의 정복할 뻔했던 이 시인들의 조상에 관해서 제가 관심을 가지는 것은 다른 디테일입니다.

찢겨져 몸으로부터 분리되었으면서도 시인 오르페우스의 머리는 계속 노래를 불렀다고 합니다. 죽음은 오르페우스의 몸은 죽였지만, 노래는 죽이지 못했습니다. 오르페우스의 리라는(아폴론으로부터 직접 받은 것이라는 설이 지배적입니다) 하늘로 올려져 별자리가 됩니다.

광녀들은 오르페우스의 노래를 죽이지 못했습니다. 돈과 권력에 매몰된 무리는 기억의 노래를 부르는 촛불의 에우리디케 사랑을 죽일 수 없습니다. 노래는 살아남아 죽음과 싸웁니다. 오 릴케!

> 그런데 노래로 존재들을 이어 주던
> 시인의 가슴은 어디에 있는가?
> 바람 안에 있는,
> 눈에 보이지 않는
> 그 바람은?

> 라이너 마리아 릴케, 「Poésie」

* 프랑스의 상징주의 화가 귀스타브 모로 Gustave Moreau는 그리스 신화를 주제로 한 작품들을 많이 그렸습니다. 신화 주제의 표현에 관한 한, 저는 모로의 장식주의적이고 약간은 데카당한 표현(첨부된 그림도 상당히 데카당합니다)보다는 오딜롱 르동의 투명한 종교적

표현들이 더 마음에 들지만, 아무튼 모로의 그림도 흥미롭습니다. 모로의 그림은 파리의 모로 미술관에 보관되어 있는데, 작고 고즈넉한 곳이지요. 파리 여행 가시면 오르세나 루브르 같은 유명한 데 말고 이런 작은 미술관들을 뒤져 보시는 것도 큰 재미입니다.

귀스타브 모로, 〈오르페우스Orphée〉, 1865.

일연 스님의 선화 공주

일연 스님은 『삼국유사』 백제 무왕조에서 훗날 무왕이 된 서동이 사랑한 진평왕의 셋째 딸(이것은 순수하게 신화적인 세팅입니다. 진평왕에게는 셋째 딸이 없습니다. 첫째 딸은 선덕 여왕이 된 덕만 공주, 둘째 딸은 김춘추의 어머니가 된 천명 공주입니다) 선화 공주를 善花라고 표기하고 주를 달아서 "善化라고도 표기한다"고 씁니다. 「서동 설화」의 의미는 역사적으로는 해석할 수 없습니다. 서동이 누구인가를 밝히기 위해 많은 연구자들이 노력했지만, 역사적으로는 서동≠백제 무왕이라는 사실만 분명하게 밝혀졌을 뿐입니다. 역사적으로 서동은 무왕이 아닌 것이 분명히 맞습니다. 그러나 신화적으로는 서동=무왕이 분명히 맞습니다.

이 주장을 증명하려면 엄청나게 긴 글을 써야 하므로, 이 자리에서 소화하는 것은 불가능합니다. 제가「서동 설화」를 해석하는 방식은 지금까지 이루어진 어떤 해석 방식과도 다릅니다.「서동 설화」뿐 아니라 다른 많은 설화에 대해서도 제 해석은 지금까지 이루어져 왔던 해석들과 근본적으로 다릅니다. 2019년 상반기 출간 예정으로『삼국유사』연구서 원고를 정리하고 있습니다.

그리고 서동이 불렀다는 그 이상한 '서동요'의 의미도, 제가 보기에는 단순히 한 사기꾼이 아름다운 공주를 몰락시켜 자기 것으로 가로채기 위해 부른 위계僞計을 감춘 사악한 노래에 불과하지 않습니다. 그 숨겨진 깊은 의미를 이해하면 일연 스님이 어째서 서동 전설=무왕 전설로 기술하는 것이 학적으로 매우 무리하다는 것을 알면서도(일연 스님은 주를 달아서 자신도 서동이 무왕이라고 확신하지 못한다는 것을 고백합니다) 그 동일시를 감행했는지 알 수 있습니다.

그런데 내 눈은 오랫동안 일연 스님이 善花의 花를 표기한 될 화(化) 자 위에 머무릅니다.

선한 꽃(花), 아름다운 꽃은 선해지는 것, 아름다운 꽃이 "되는"(化) 것이기도 합니다.

13세기, 민족의 자존심이 곤두박질친 고통의 시대. 왕실은 무인들에게 휘둘려 모든 위엄을 상실하고 백성을 버리고 강화도로 도망가 있던 시대에 "善花를 善化로도 표기한다"고 쓴 일연 스님은 어떤 생각을 하셨던 걸까요?

하루가 멀다 하고 터져 나오는 추악한 적폐들을 보면서 숨이 막힙니다. 우리는 과연 善化되는 길 위에 있는 걸까요? 그렇다고 믿지만 가끔, 가슴이 터질 것 같습니다. 대한민국 국민은 견디기 힘든 시대를 살았고, 아직도 그 시대가 끝나려면 힘든 시간을 더 견뎌야 할 것 같습니다. 마음을 굳게 먹지만, 가끔 가슴이 슬픔으로 터질 것처럼 뜁니다.

찍먹론

'찍먹'과 '부먹'은 늘 재미있는 논쟁을 유발합니다. 저는 단호한 '찍먹론자'입니다.

저는 비빈 음식을 안 좋아합니다. 비빔밥은 맛도 좋고 영양학적으로도 나무랄 데 없는 음식이지만, 잘 안 먹습니다. 비빔밥의 맛은 저도 좋아합니다. 그러나 먹는 방식이 싫어서 비빔밥을 먹을 때에도 나물 따로 달걀프라이 따로 그렇게 깨작대며 먹습니다. 왜냐하면…… 저는 그 어우렁더우렁이 잘 안 받아들여집니다. 그래서 탕수육도 당연히 찍먹입니다.

음식은 삶을 유지시키기 위해서 반드시 섭취해야 하는 것일 뿐 아니라 인간이 누릴 수 있는 것 중에서 가장 고급스러운 사물 중 하나입니다. 쉴러가 미美에 관해 이야기하면서 '질료적 미'와 '형식적 미'를 이야기하는데, 잘 만들어진 음식은 바로 그 두 개의 미가 잘 조화된 가장 전형적인 경우라고 여겨집니다. 그러나 다른 종류의 미와는 달리, 잘 만들어진 요리의 미는 질료의 미에 먼저 방점이 찍힙니다. 형식미를 포기하더라도 질료미가 살아나야 합니다. 그래서 저는 일본 음식을 그다지 높게 치지 않습니다. 질료에는 별 조작을 가하지 않는 반면, 형식미만 지나치게 추구하는 경향이 있거든요(물론, 그 〈날〉음식의 질료미를 확보하기 위한 매우 세련된 조작들이 존재하기는 합니다만).

그런데 소스에 버무려진 음식은 자칫 질료미를 반감시킵니다. 소스를 먹는지 원재료로 만든 음식을 먹는지 알 수 없게 만들거든. 게다가 '부먹'해버리면 질료의 맛과 소스의 맛을 따로 즐기고 싶은 사람의 선택권이 사라집니다. 그래서 저는 '찍먹'입니다.

물론, '부먹'의 덕목도 있습니다. 그건 공동체적이지요. 공동체적 가치를 위해 개인적 취향을 유보시키는 것으로 해석할 여지도 있습니다. 하나하나 마음에 안 들어도 전체적으로 가는 방향이 옳다면, 개인의 요구는 잠시 접어 둘 줄 알아야 합니다.

그러나 '찍먹'이 제 궁극의 선택입니다. 왜냐하면 각자는 각자의 선택을 내리는 주체적 개인이어야 한다고 생각하기 때문입니다. 촛불 혁명이 성공할 수 있었던 이유는 각자가 '찍먹'했기 때문이며, 그것이 공동체적 '부먹'에 자연스럽게 합류했기 때문입니다.

탈근대의 존재론은 〈따로 그리고 같이〉입니다. 탈근대의 주체는 개인적 주체이면서 상호 주체입니다. 그것을 이해하지 못하면 탈근대 맥락 안에서 19-20세기식 일체주의적 이데올로기를 휘두르며 시대의 전진을 가로막게 됩니다. 우리나라 가짜 보수주의자들의 비극은 궁극적으로는 그 탈근대적 존재론을 이해하지 못한다는 사실에서 연유합니다. 촛불은 그것을 이해했기 때문에 성공할 수 있었습니다.

촛불 아기와 문재인

©김범

　내가 참 좋아하는 사진. 촛불 집회 사진 중에서
단연 압권이다. 공동체의 어지러움에 항의하기 위
해 행동하는 젊은 아버지 또는 어머니가 촛불 집
회에 데리고 나온 아기와 정치 지도자 문재인의
만남. 절묘하다.

　아기는 미래이다, 혹자는 집회 장소에 왜 아기
를 데리고 나오느냐고 비난하기도 하지만, 아기

의 존재야말로 촛불 집회의 성격을 단적으로 보여준다. 아기의 부모는 그들이 촛불을 드는 이유가 그들의 아기, 즉 우리의 미래를 위해서라는 것을 이해하고 있는 것이다. 아기의 존재는 촛불 집회가 전적으로 평화적인 집회라는 것을 말하며, 항의자들이 그들이 대항해서 싸우는 세력에게 폭력을 행사할 생각이 전혀 없다는 의사 표현이며, 아기를 역사에 대한 이해 안에서 키워 주체적 시민으로 성장하게 하겠다는 언명이다. 아기는 오랫동안 그가 광장에서 듣고 본 것을 기억할 것이다. 함성을, 각자가 각자의 실존적 결단으로 든 촛불을, 그리고 그 한데 모임을. 그 빛나는 상호 주체들의 고독하면서도 완벽하게 소통되는 정신적인 코뮌을…….

아기는 왼쪽에 있다. 왼쪽은 상징 전통에서 거의 언제나 '존재하지 않는 것'을 표상한다. 이 이미지의 해독 안에서 아기는 왼쪽−부재absence, 아니 오히려 아직 존재가 아닌 것ce qui n'est pas encore, 아니 더욱더 정확하게 말한다면, 존재에의 청원

postulation à l'existence의 의미작용 안에서 계열화한다. 아기는 앞으로 올 것의 천사이다. 문재인은 현재에 대한 결정권을 행사하고자 하는 현실 정치인으로서 그 미래의 천사를 맞이한다. 그 지극한 표정으로 보아 오히려 알현한다고 말하는 것이 맞으리라.

아기―미래는 문재인을 똑바로 보지 않고, 문재인 너머(아주 약간 너머) 어딘가 먼 곳을 바라본다. 뒤쪽의 존재arrière-eixistence. 외양 너머의 세계. 실존을 현재의 위치 안에 맥락화시키는 큰 타자他者. 물론 아기는 문재인을 마주보았을 것이다(다른 컷에서 아기는 문재인과 눈을 마주치고 있다). 사진은 어느 순간 아기의 시선이 잠깐 비껴 간 순간을 잡은 것에 불과할 것이다. 그럼에도 불구하고, 이 사진의 절묘함은 바로 아기의 시선과 문재인의 시선의 거의 느껴지지 않는, 이렇게 말하는 것이 허용된다면, 초월적 비껴남décalage에 있다. 그것이 이 이미지를 놀랍도록 아름답게 만든다.

아기의 손에 LED 촛불이 아니라 진짜 촛불이

들려 있었다면 더욱 완벽한 이미지가 되었겠지만, 그건 현실적으로 너무 위험하므로 지나가자.

이런 이미지는 절대 연출로 얻어지지 않는다. 진심이 아니면 이런 이미지는 결코 만들어질 수 없다. 내가 정치인 문재인을 신뢰하는 까닭은 그가 진심을 다해 생을 살고 있기 때문이다. 그는 진실한 사람이다. 그의 품성이 이런 아름다운 이미지를 만들어 낸다. 이미지는 때로 진실을 웅변적으로 전한다. 그것을 이용하려 하기만 하는 자들 때문에 거짓의 슈퍼 히어로가 되기도 하지만.

썩은 언어의 늪

현대 사회의 정보는 정보 그 자체보다도 그것이
어떤 경로를 통해 정보 유통 회로에 들어가는가
가 더 중요하다. 정보는 흘러넘치며, 정보의 진위
나 질을 판단할 기준도 모호하다. 따라서 그 정보
들을 걸러 주고, 그 정보들의 가치를 판단할 수 있
도록 올바른 방향을 제시해 주는 중간 유통 과정
이 매우 중요하다. 이런 상황에서 정보 매개자들
의 공정성이 절대적으로 요구된다. 현대 사회에서
정보 유통을 담당하고 있는 것은 당연히 언론이
다. 만일 정보 유통자인 언론이 객관적이고 공정

하지 못하면 어떤 일이 벌어질까? 정보의 진실성은 증발되고, 모든 것은 그 언론이 지지하는 세력의 이익을 위해 왜곡되고 일그러질 것이다. 결국 정보를 공정하게 공유하여, 세계를 공동체의 정치적 합의에 의해 운영해 가기 위해 왕과 귀족의 정보 독점력을 해체시켰던 민주적 원칙이 큰 위험에 처하게 된다. 방법만 달라졌다 뿐이지, 사회 구성원의 대다수는 여전히 사회 상층 계층의 이익을 위해 봉사해야 하는 처지로 몰락하게 된다.

정보를 전달하는 제1매체는 언어이다. 따라서 한 사회가 민주적인가 그렇지 않은가, 합리적인가 그렇지 않은가 하는 판단은 그 사회의 언어 체계가 얼마만큼 합리적이며 공정한가를 보고 판단해야 한다. 그런 기준에서 보았을 때, 우리 사회의 언어 체계는 어떤 특징을 가지고 있을까? 우리나라 언론, 특히 정보 유통 시장의 절대 권력자로 군림하고 있는 거대 신문 권력은 진실의 전달자, 또는 기대 수준을 아주 낮춘다면, 사실의 전달자 역할도 하지 못하고 있다. 아니, 하지 않고 있다. 그들은 자신들이 지지하는 정치 세력에게 유리한 방향으로 정보를 취사선택하고, 왜곡하고, 심지어는 조작하는 일까지 마다하지 않는다. 그들은 언론이 아니라 정치 세력이다. 그들은 아주 일찌감치 공정한 정보 유통자의 역할을 집어던져 버렸다.

롤랑 바르트는 『신화론』에서 현대 사회의 신화가 어떤 방식의 언어 체계를 가지고 있는지 분석한다. 그가 말하는 〈신화〉는 우리가 흔히 〈신화〉라는 용어로 이해하는 고대 사회의 이야기를 의미하는 것이 아니라 현대 사회를 지배하는 모든 재현 체계를 의미한다. 미르체아 엘리아데나 조지프 캠벨, 또는 질베르 뒤랑이 이야기하는 신화가 아니라 현대의 사고와 행동 양태를 지배하는 지배자들의 〈묻지마〉 신념 체계를 나타낸다. 그가 그것을 〈신화〉라고 부르는 이유는 〈신화〉, 즉 뮈토스가 플라톤 이래로 서구 철학사에서 검증 불가능한 〈견해〉, 'doxa'를 의미하는 것이었기 때문이다. 바르트의 〈신화〉에 대한 정의는 알튀세르의 〈이데올로기〉나 그람시의 〈헤게모니〉 개념에 가깝다.

나는 〈신화〉에 대한 바르트의 정의에 찬성하지 않는다. 그러나 현대 사회를 지배하는 부르주아 이데올로기를 작동시키는 언어 체계에 대한 그의 기호학적 비판에는 전적으로 동의한다. 그에게 신화는 〈메타 언어〉로 이해된다. 신화 안에는 두 개의 기호학 체계들이 함축되어 있다. 첫 번째 체계는 랑그이다. 바르트는 이것을 대상언어langage-objet라고 부른다. 왜냐하면 신화 안에서 랑그는 신화 고유의 체계를 구축하기 위해 점령되는 대상이기 때문이다. 두 번째 체계인 신화는 그 체계 자체가 이미 첫 번째 체계에 관해 말하는 이차 언어이기 때문에 〈메타 – 언어méta-langage〉이다. 신화는 무엇인가를 의미하는 동시에 그것을 강제적으로 명시하며, 우리가 무엇을 이해하도록 하는 동시에 우리에게 무엇인가를 강요한다.

신화의 언어는 신화를 유통시키는 막강한 지배 계층에게 유리한 〈의미 생산〉을 위해 왜곡되고 그 본래적 의미로부터 멀어진다.

그런데 매우 흥미롭게도 이 체계를 작동시키

는 계급은 그 모습을 드러내지 않는다. 일상적인 삶 안에 있는 모든 재현 체계가 모두 부르주아 계급이 인간과 세계의 관계들에 대해 만들어 낸 표상에 종속되기 때문에, 이러한 것이 표준화되고 광범위하게 유통될수록(자연화), 신화 형성 세력의 "부르주아적"인 계급적 특성이 주목받지 않게 된다는 것이다. 그는 이 현상을 〈탈명명화ex-nomination〉라고 부른다. 누가 지배 체계를 작동시키는지 모르는 것이다.

특정 정치 세력을 이롭게 하기 위해서 언론 고유의 임무를 집어던져 버린 우리나라 거대 언론은 바로 바르트적 의미의 신화라는 메타 언어를 유통시키는 장본인들이다. 그들에게 정보의 진실성은 중요하지 않다. 그저 기호를 선발해서 그것에 그들이 유통시키고자 하는 기의記意를 채워 넣는다. 랑그는 단지 그들이 주입시키고 싶어하는 의미를 위해 텅 빈, 징발당한 껍데기에 불과하다. 그들은 또한 〈탈명명화〉를 수행한다(바르트적 의미와는 약간 다를지라도). 언론이면서 언론이 아니기. 언론이라는 이름으로부터 도망치기. 그러나 〈언론〉이라는 외적 표지는 결코 포기하지 않는다. 국민에게 자신들이 공정한 정보 유통자라는 〈신화〉를 각인시켜야 하기 때문이다. 이 얼굴 없는 자들의 언어는 결국 우리 사회를 병든 곳으로 만들 것이다. 도처에 거짓이 난무한다. 어떤 진실한 노력도 소용이 없다. 저들의 신화 체계에 포획되는 순간, 저들에게 이익이 되는지 여부가 모든 가치 판단의 기준이 될 것이기 때문이다.

언어를 통한 신화 유통의 가장 전형적인 사례하나가 몇 년 전 〈국립국어원〉을 통해 발표되었던 적이 있다. 〈국립국어원〉은 신조어 리스트에 〈놈현스럽다〉, 〈노빠당〉 등의 용어들을 등재시켰다(『사전에 없는 말 신조어』, 국립국어원, 태학사, 2007). 그 단어들의 함의는 짐작할 수 있다시피, 긍정적인 것이 아니다. 그 의미는 경멸적 느낌으로 가득차 있다. 이 황당한 선정을 그들은 그 말들이 〈언론〉에 자주 등장했던 말이기 때문이라고 해명했다. 그들에게는 언론에 등장하는 말만이 고려의 대상이다. 백 보 양보해서 그런 기준을 받아들인 다 하더라도 왜 〈딴나라당〉, 〈딴나라당스럽다〉, 〈차떼기〉, 〈수첩 공주〉 등 당시에 광범위하게 사용된 용어는 제외시킨 것일까? 그런 말들은 거대 언론들이 사용하지 않기 때문에? 수년 전부터 인터넷을 위시해서 시중에서 그토록 자주, 그리고 광범위하게 사용되었는데도 불구하고? 심지어 그 단어들은 거대 언론에서도 자주 사용되었던 것들이다. 그 단어들은 어떤 기준에 의해 선정되지 않았는가?

〈국립국어원〉은 〈학문적인 체〉하는 가면을 쓰고 매우 정치적인 행위를 한 것이고, 그리고 언어를 바르트적인 의미에서 신화적으로 징발한 것이다.

현대 사회의 많은 학자들은 인간적 사실들이 언어를 중심으로 분절되며, 그 언어가 소통체계 안에서 끊임없이 이데올로기에 징발당한다는 것을 주지시켰다. 언어는 그 자체로 순수하지도 불순하지도 않다. 그것을 어떻게 사용하느냐에 따라 순수해질 수도 있고 불순해질 수도 있다. 언어가 병들 때, 우리는 진실의 얼굴이 무엇인지 알 수 없게 된다. 모든 인간적 사실은 언어의 회로를 통과해서 비로소 인지 가능성을 확보하기 때문이다. 한 사회의 언어가 진실한 방법으로 유통되지 못하고, 거짓에 기반하여 특정 계층의 이익을 위해 복무할 때, 우리의 〈존재의 집〉은 〈거짓의 집〉이 된다. 바퀴벌레와 진드기가 들끓는 집. 그런데 우리나라의 언어의 점령군들은 그 집이 보석과 비단으로 가득 찬 집이라고 선전한다. 그런데 그 속임수는 언제까지 갈까?

생은 결코 유토피아가 될 수 없다. 그곳에 진실이 강물처럼 흐를 것이라는 환상을 지닌 사람들은 없다. 그럼에도 불구하고 거짓말이 진실을 참칭하는 행위 정도는 막을 수 있어야 하지 않겠는가? 이것은 생의 자존심에 관한 문제이다. 어떻게 거짓말쟁이들이 나누어 주는 정보를 소비하면서 살아갈 수 있다는 말인가? 나는 이런 상황을 견딜 수 없다. 나는 이 싸움에 시인들이 나서야 한다고 생각한다. 시인들은 언어의 파수꾼이다. 그들은 언어가 진실을 담을 수 있도록 노력해야 하는 존재들이다. 그렇지 않다면, 시의 존재 이유는 없다.

시인은 언어라는 국자로 생이라는 샘물을 떠먹는 사람들이다. 그런데 그 국자 밑바닥에 쓰레기가 눌어붙어 있다면, 당신은 어떻게 하겠는가?

나는 하루에도 수없이 지금 썩은 언어의 뻘밭을 통과하고 있다는 느낌이 든다. 어떻게 해야 이 썩은 말들의 늪을 빠져나갈 수 있을까?

우리의 힘,
민주화 경험

어느 공동체나 자신의 역사를 고통스러운 것으로 인식할 것이다. 성공적인 현재를 살아가고 있는 경우라 할지라도, 현재의 바람직한 상황에 결코 그냥 도달한 것이 아니기 때문이다. 어느 공동체든 정도의 차이는 있을지언정 수많은 고통스러운 역사적 기억을 가지고 있다. 우리 사회 역시 예외가 아니다. 어쩌면 가장 고통스러운 기억을 지니고 있는 사회 중 하나인지도 모른다. 적어도 가까운 역사적 사건에 관한 한, 우리 사회가 지니고 있는 기억의 핏빛은 아직도 선연하다. 근대 이후

우리의 역사는 온통 고통의 연속이었다. 그러나 역설적이게도 우리는 그 고통의 기억을 딛고, 아직은 문제투성이지만 그래도 희망의 몫이 절망의 몫보다 훨씬 더 큰 미래를 준비해 가고 있다. 21세기에 대한민국은 세계 무대 안에서 웅비할 것이다. 그러나 그것은 우리가 현재 맞닥뜨리고 있는 교착 국면을 슬기롭게 돌파할 것이라는 전제 조건 하에서만 가능해지는 가정이다. 자칫 이 국면을 잘못 넘기면 우리는 다시 경쟁력 없는 국가로 전락할 것이다.

단언하건대 대한민국의 미래 경쟁력의 원동력은 성공적인 민주화 경험에서 나온다. 돌이켜보면 이 나라는 정치인들과 지식인들이 망쳐 놓으면 민초들이 두들겨 맞아 가며 맨손으로 끊임없이 일으켜 세워 온 나라이다. 근/현대사만 놓고 보더라도 3·1 운동에서 시작된 무모할 정도의 저항은 그것이 민초의 의지와 결합되지 않았다면 결코 가능한 일이 아니었다. 3·1 운동을 초기에 주도한 세력이 지식인 그룹이었지만 그 생생한 에너지는 민초들의 결연한 저항 정신에서 나온 것이다. 3·1 운동을 주도했던 지식인 그룹이 일제의 회유와 협박 앞에 모두 엎어진 뒤에도 민초들은 3·1 운동의 맥을 이어 갔다. 대지에서 막바로 영감을 길어 낸 이 끈질긴 독립성에 대한 갈망이 아니라면 자유당 정권 앞에서 일어선 4·19도, 박정희의 잔인한 억압을 18년씩 견디며 기어이 쟁취해 낸 민주화의 성과도, 살인마 전두환 앞에 다시 맨몸으로 저항하며 무기가 동원된 극한 상황에서도 완전한 질서를 유지했던 5·18의 빛나는 코뮌도, 넥타이 부대가 열정에 가득 찬 음성으로 아스팔트 바닥에 나서서 기어이 군부 통치를 종식시킨 6·10의 빛나는 경험도 설명할 수 없다. 한국인은 그 영혼 안에 끈질긴 자기 정체성에 대한 갈망을 지니고 있고, 유례없이 잔혹했던 귀족 계층의 억압을 딛고 자신의 존재 의미를 확인할 만큼 자신의 생의 위엄에 대한 긍정적 비전을 가지고 있다.

우리의 궁극적 아이콘은 일제에 협력한 민족 반역자이며 민초의 희생을 자신의 것으로 찬탈한 독재자 박정희와 그에게 상징적으로 기식하고 있는 기득권 지식인들이 아니라 억압과 절망을 딛고 생의 깊은 곳에서 솟아오르는 자기 존엄성에 대한 확신을 맨몸으로 증언했던 유관순과 자신의 몸을 역사 안에서 횃불로 밝힌 전태일들이다. 그들은 진정으로 위대한 혼의 소유자였다. 그들이 우리의 진정한 아이콘이다.

이들의 영혼을 들여다보면, 이 나라가 20세기 초의 잔혹한 제국주의적 수탈을 36년씩이나 받고도 어떻게 몸을 일으켜 세계 선진국 진입을 꿈꾸는 단계까지 왔는지 이해할 수 있다. 민초의 영혼이 깨어나는 순간, 이 땅은, 외세와 외세에 결탁한 지배 계층의 억압에 짓눌려 날개를 펴지 못했던 잠재력을 분출하기 시작했던 것이다. 그것은 식민지 경험을 가진 나라들 중에서 어째서 한국만이 그 피폐함을 이겨낼 수 있었는지, 그리고 전제 군주의 개념이 유난히 강고했던 아시아 여러 나라 중에서 유일하게 성공적인 민주화를 쟁취했는지 확인시켜 준다. "한국인은 패야 한다"라는 일제와 박정희가 퍼뜨린 한국인에 대한 거짓 속설은 한국인이 얼마나 저항적이며 독립적인 영혼의 소유자들인가를 거꾸로 증명하는 표현일 뿐이다.

나는 한류 열풍의 바탕도 우리의 성공적 민주화 경험이라고 생각한다. 일본의 고급 문화가 양식화에 성공했지만, 대중문화 수준에서 설득력 있는 형태를 창조해 내지 못하는 동안, 우리의 대중문화는 민주화 경험을 통해서 인류의 보편적인 감성을 건드리는 어떤 경로를 파악했다고 본다. 한국의 성공적인 민주화 경험은 대중의 자기 확신으로 드러나고 있다. 그것은 21세기에 한국이 확보하고 있는 가장 중요한 자산이다. 일본이 막강한 경제력을 가지고도 과거에 발목이 잡혀 존경받지 못하는 국가로 가라앉는 동안, 우리는 우리의 손으로 스스로 쟁취한 자유에 대한 자부심으로 나아가는 문화국이 될 수 있다. 그러나 뇌관은 도처에 널려 있다. 역사를 거꾸로 돌리려는 세력이 마지막 방해를 하고 있다. 이 국면을 잘 넘겨야 한다. 우리는 지금 대단히 중요한 기로 앞에 서 있다.

『타르코프스키의 순교일기』

『타르코프스키의 순교일기』를 다시 읽는다. 타르코프스키를 처음 만났을 때, 나는 영화에 대해 거의 문외한이었다. 그런데도 그의 이미지는 내 핏줄 속까지 대번에 들어왔다. 이해하고 말고 할 것도 없었다. 그의 이미지는 나에게 밥과 반찬처럼 너무나 익숙했다. 나는 일생 동안 모국의 문화 안에서 이물감을 느끼며 살았다. 나는 모국 주류 문화의 대부분에 감동할 수 없었다. 나는 소수 중의 소수였다. 모국 문화 안에서 유배당한 자처럼 눈치를 보며, 나의 다름에 대해 저주를 퍼부으며,

그러면서도 다른 사람들이 써내는 글과 비슷한 글을 써낼 능력도, 또는 그럴 의지도 없으면서 나는 모국 안에서 늘 거지처럼 느꼈었다. 그런데 그 가난한 다른 주체에 대한 고집과 비타협성은 어디에서 유래한 것일까? 나는 무슨 힘으로 그 고독과 모독을 견뎌 냈을까? 대체 나는 누구일까? 나는 누구이길래 20세기 후반과 21세기 초반에 한국 땅에서 살아가면서 그토록 다른 자아를 붙잡고 일생을 버틴 것일까? 그런데 어째서 나는 20세기 후반에 살았던 러시아의 한 영화감독의 작품에서 형제와 같은 친근함을 느낀 것일까?

나는 그 원인을 아주 잘 알고 동시에 잘 모른다. 무슨 말이냐 하면 직관의 차원에서는 너무나 잘 알지만, 그것을 소통가능한 지식으로 만들 수는 없다는 말이다. 바르트라면 "탈명명화"라는 딱지를 붙일지도 모른다. 존재에 미친 서구 지식인들은 존재가 부재를 바탕으로 형성되기도 한다는 것을 죽어도 이해하지 못한다. 때로는 존재가 권리의 이름으로 부재를 초대하기도 한다는 것을, 때

로는 부재가 존재보다 훨씬 더 존재의 본질을 잘
드러낸다는 것도. 그들은 기독교 신화를 부정한
나머지 부정의 신화에 빠져 버린 것처럼 보인다.
뒤집힌 우주 나무 이그드라실은 허공에 뿌리를 내
리고 있다. 그것은 하늘에서 양분을 길어 온다. 진
짜 존재는 하늘에 있다. 그렇다 할지라도 그 나무
가 매 순간 용에게 물어뜯긴다는 것은 그 나무가
역사 안에 위치하고 있다는 것을 의미한다, 즉 이
허공의 나무는 역사의 장에서 부정당하고 있지 않
은 것이다. 이그드라실은 천상적이며 동시에 지상
적이다. 그러나 천상적인 이그드라실이 진정한 이
그드라실이다. 그것을 존재의 깊은 심연에서 어떤
자들은 확고하게 알고 있는 것이다.

　타르코프스키에게서 느꼈던 핏줄 같은 친근함
은 아주 오랫동안 고통으로 남아 있었다. 나는 나
자신에게 질문했다. 이것은 알튀세르식으로 말하
면 일종의 주체 호명인가? 나는 타르코프스키라
는 어떤 상위 권위를 가진 대주체 앞에서 호명당
한 것일까? 타르코프스키라는 어떤 아우라에 가

득 찬 상징이 행사하는 이데올로기에 쁘띠 부르주아의 허영심으로 조작당한 것인가? 아니, 그것은 아니다. 아무리 되짚어 보아도 그렇지 않다. 호명당한 수동적 주체는 그렇게 존재의 내면까지 관통하는 감동을 느끼지 못한다. 왜냐하면 그 주체는 문화적으로 구성된 외적 주체, 대주체를 모방하는 가짜 동의에 기반한 주체이기 때문이다. 내가 타르코프스키를 만났을 때 내 안에서 빠르게 형성된 주체는 그런 외적 주체가 아니었다. 무의식의 뿌리까지 끌려 당겨 올라와 의식에 통합되는 느낌. 그 확고함은 결코 문화적으로 형성된 수동적인 가짜 주체의 느낌이 아니다. 나는 너무나 잘 알고 있다. 그가 제일 저평가된 감독으로, 즉 아무런 이데올로기도(또는 헤게모니도) 작동시킬 힘이 없는 C급 감독으로 평가받았다 할지라도 내가 그의 이미지들로부터 얻어 낸 공감의 떨림은 조금도 달라지지 않았을 것이라는 것을. 나의 주체는 타르코프스키에게 수동적으로 호명당한 것이 아니다. 아니다, 내가 그를 호명했다. 그리고 나는 그의 작품 안에 내 집을 지었다. 그 집은 숨 쉴 만한 집이었다. 일생 동안 한국 땅에서 호흡 곤란에 시달리던 어떤 문화적 거지가 머물 만한.

이제 더 이상 타르코프스키의 자리는 없다. 그는 박물관에 존재한다. 그가 남긴 글들은 그가 생전에 얼마나 고통스럽게 자신의 자신다움을 공동체의 문화적 맥락에 〈등록〉시키려고 투쟁했는지 증언하고 있다.

"나를 필요로 하는 사람은 아무도 없다. 나는 우리 문화에 낯설기 그지없다. 나는 우리 문화에 아무런 기여도한 바 없다. 나는 가련한 무용지물이다."

"나라는 가련한 사람, 우쭐대기나 하고 세상에 쓸모없는 한 사람."

"위대한 작가들의 작품들은 아직도 사람들에게 읽혀지지 않았다. 오직 위대한 작가들만이 이 작품들을 읽을수 있기 때문이다."

"우리들의 지식-그것은 땀과 같다. 일종의 체취이며, 인간의 삶과 함께 나타나는 하나의 생물학적인 기능이며, 진실과는 아무런 관계도 없는 것이다. 허구적인 것을 창조해 내는 것, 그것이 우리들의 의식을 가지고 해낼 수 있는 유일한 것이다. 우리는 의식을 가지고 오직 허구만을 창조할 수 있다. 인식은 가슴으로, 영혼을 통해 이루어진다."

"가장 어려운 것은 믿는 것이다. 오직 믿음을 가진 자만이 그 꿈이 이루어지는 것을 체험하기 때문이다. 그러나 정직하게 믿는 것은 엄청나게 어렵다. 정직하게 그리고 조용히 혼자서 계속 믿는 것보다 더 어려운 일은 없다."

"아무도 나를 필요로 하지 않는다는 생각을 서서히 받아들여야만 할 것 같다. 그리고 그에 걸맞게 행동해야 할 것 같다. 나는 이 모든 것에 초연하지 않으면 안 된다. 그러나 나는 그럼에도 불구하고 타르코프스키로 남는다."

자신의 타자성에 대한 고통스러운 깨달음. 그럼에도 불구하고 그는 결코 냉소주의에 빠지지 않는다. 어떤 종류의 인간들은 아무리 힘든 상황에서도 냉소주의로 도피하지 못한다.

"냉소주의는 비겁한 자들의 운명이다. 인간의 역사는 동정할 줄 모르는 어떤 잔인한 존재에 의해 이루어진 사람과의 기괴한 실험처럼 보인다."

어쩌면 더 이상 위대한 예술과 문학의 시대는 돌아오지 않을는지도 모른다. 그것이 인류의 선택이라면 어쩔 수 없다. 그러나 어딘가 다른 차원으로 빠져나가는 스타게이트가 있을 것이다. 그것이 현실적인 것이 아니라는 것은 어떤 사람들에게는 아무 의미도 없다. 진정한 예술의 힘은 허구를 창조하는 것이므로.

✛ 인용문 및 사진 출처
— p.78. 「오매, 미친년 오네—고정희와 광주」.
「프라하의 봄 8」, 고정희, 『눈물꽃』, 실천문학사 (1986).
— p.96. 「노혜경의 『캣츠아이』 —안으로 가기 위해 밖으로 나가기」.
「술잔이 있는 아홉 개의 창문」, 노혜경, 『캣츠아이』, 천년의 시작 (2005).
— p.221. 「오르페우스, 죽은 뒤에도 노래하다」.
「Poésie」, 라이너 마리아 릴케, 『두이노의 비가 외』, 책세상 (2000).
— p.230. 「촛불 아기와 문재인」.
「광화문 할아버지」, 김범, 『문재인 – 새로운 대한민국과 사람 문재인』,
푸른솔 (2017).

✛ 인용된 저자의 시
— 『다시 시작하는 나비』, 문학과 지성사 (1989).
「화장 – 추함에 길들기 ·2」, 「지하철에서 – 추함에 길들기 ·3」.
— 『매혹, 혹은 겹침』, 세계사 (1992).
「暴力에의 대응방식」, 「詩 – 도피선 긋기」, 「언덕 위, 또는 나지막한 들리움」.
— 『스.타.카.토.내 영혼』, 랜덤하우스코리아 (1999).
「유령의 노래 – 하늘과 육체 사이, 언어」..
— 『그 여자, 입구에서 가만히 뒤돌아보네』, 세계사 (1997).
「이미지들—금빛 황토, 여자의 몫인 죽음과 (영역)」.
— 『꽃의 신비』, 시로 여는 세상 (2012).
「어린 왕들이 순례를 떠났다」, 「어린 왕들을 따라갔다」.

여자의 말

초판 1쇄 발행 2018년 11월 23일

지은이   김정란

발행편집인   김홍민 · 최내현
책임편집   한재현
편집   조미희
표지디자인   형태와내용사이
용지   한승
출력   블루엔
인쇄   청아
제본   대신

펴낸곳   도서출판 북스피어
출판등록   2005년 6월 18일 제105-90-91700호
주소   (121-826) 서울특별시 마포구 방울내로 11길 43 101-902
전화   02) 518-0427
팩스   02) 701-0428
홈페이지   www.booksfear.com
전자우편   editor@booksfear.com

ISBN 9788998791810 (03810)

이 도서의 국립중앙도서관 출판예정도서목록(CIP)은 서지정보유통
지원시스템 홈페이지(http://seoji.nl.go.kr)와 국가자료공동목록시스템
(http://www.nl.go.kr/kolisnet)에서 이용하실 수 있습니다. (CIP제어번호 :
CIP2018033938)